LE MASQUE
Collection de romans d'aventures
créée par
ALBERT PIGASSE

DANS LA CHALEUR DE LA NUIT

Né en 1911, John Ball, après avoir exercé divers métiers, se consacre entièrement à la littérature à partir de 1958. Son premier roman, *Dans la chaleur de la nuit*, obtient l'Edgar Poe Award de la meilleure première œuvre en 1965, ainsi que le Gold Dagger Award. Il introduit pour la première fois un personnage de policier noir, Virgil Tibbs, que le cinéma immortalisera sous les traits de Sydney Poitier. Il alternera tout au long de sa carrière romans policiers, thrillers d'espionnage et romans « littéraires ».

John Ball

DANS LA CHALEUR DE LA NUIT

Traduction de Renée Tesnière
revue et complétée

Librairie des Champs-Élysées

1

Il était 3 h 10 du matin. Plus rien ne bougeait à Wells, dans l'air chaud et immobile, mais la plupart de ses onze mille habitants se tournaient et se retournaient dans leur sommeil ; ceux qui n'arrivaient pas à dormir maudissaient cette brise qui ne se levait pas pour rafraîchir un peu la nuit. C'était le mois d'août en Caroline et la chaleur rendait l'atmosphère lourde et poisseuse.

La lune s'était couchée. Dans le principal quartier commerçant, quelques réverbères à la lumière crue jetaient des ombres dures sur les rideaux baissés des magasins, sur l'unique cinéma encore en service, sur les postes à essence silencieux. A l'angle de la route nationale, la climatisation de la pharmacie Simon faisait entendre, dans le silence de la nuit, son ronronnement régulier. De l'autre côté de la rue, l'unique voiture de police affectée aux rondes de nuit stationnait le long du trottoir.

Assis au volant dans la semi-obscurité, Sam Wood écrivait son rapport d'une main ferme, en capitales nettes et soignées. Il rendait compte de la tournée qu'il venait d'effectuer, scrupuleusement selon les consignes, dans le quartier résidentiel de la ville ;

tout semblait en ordre. Il était assez fier de rendre ainsi ses conclusions par écrit. Cela lui donnait le sentiment – toujours le même depuis trois ans – que de tous ceux qui veillaient et travaillaient encore à cette heure de la nuit, c'était lui le plus important.

Il termina son rapport, posa le bloc sur le siège, à côté de lui, et regarda de nouveau sa montre. Bientôt 3 heures, l'heure de la pause et d'aller boire un café. Mais, avec cette chaleur, le café ne lui disait rien ; il aimerait mieux quelque chose de froid. Est-ce qu'il valait mieux s'arrêter maintenant, ou bien d'abord faire un tour dans les bas quartiers ? C'était la seule partie de son travail qu'il détestait vraiment, mais il fallait quand même le faire. Il se remémora l'importance de sa fonction et décida de remettre la pause à plus tard.

Il traversa la grand-route déserte et s'engagea en tressautant sur le mauvais pavé du quartier noir. Il allait très lentement, et ouvrait l'œil en se rappelant cette nuit, plusieurs mois auparavant, où il avait écrasé un chien. L'animal dormait au beau milieu de la rue, et Sam ne l'avait pas vu assez tôt pour l'éviter. Il se revoyait, accroupi sur la chaussée, tenant la tête du chien entre ses mains ; il revoyait le regard bouleversant, douloureux, à la fois confiant et suppliant. Alors, il avait vu la mort approcher et, bien qu'étant un habitué de la chasse et généralement considéré comme un homme dur, il s'était senti déchiré de remords et de pitié.

Après avoir franchi la boucle qui traversait le quartier noir, il s'engagea en cahotant sur le passage à niveau, puis dans une rue montante bordée, de chaque côté, de vieilles bicoques en planches. C'était un quartier pour les Blancs qui n'avaient pas d'argent, ni perspective d'en avoir, ou qui, tout simplement, s'en fichaient. Sam conduisait en zigzag, en faisant attention d'éviter les nids-de-poule. En levant les yeux, il vit, un demi-pâté de maisons plus loin, un rectangle de lumière déformé : une fenêtre, probablement chez les Purdy.

De la lumière, à cette heure, cela pouvait signifier que quelqu'un était malade, ou n'importe quoi d'autre. Sam méprisait ceux qui épiaient aux fenêtres, la nuit ; mais, pour un officier en service, ce n'était pas la même chose. Il se rapprocha du trottoir, de façon à ne pas éveiller l'attention, et ralentit suffisamment pour voir pourquoi il y avait de la lumière dans la cuisine des Purdy, à 3 h 15 du matin ; il avait d'ailleurs sa petite idée sur la question.

La cuisine n'était éclairée que par une ampoule nue, au bout d'un fil. Les minces rideaux de guipure usés qui pendaient, immobiles, devant la fenêtre ouverte, n'empêchaient pas du tout de voir à l'intérieur. Là, bien en vue mais tournant le dos à la rue, se tenait Delores Purdy. Et comme les deux premières fois où Sam avait assisté à cette scène, les semaines précédentes, elle ne portait pas de chemise de nuit.

Au moment où il arrivait à hauteur de la fenêtre, Delores prit une petite casserole sur la cuisinière, se retourna et en versa le contenu dans une tasse à thé. Sam vit ses seins d'adolescente et la courbe séduisante de ses jeunes hanches. Cependant, quelque chose chez Delores le dégoûtait et la vue de son corps nu n'éveillait en lui rien de particulier. « C'est sans doute, pensa-t-il, parce qu'elle est toujours sale, ou, du moins, qu'elle en a l'air. » En la voyant porter la tasse à ses lèvres, Sam comprit qu'il n'y avait personne de malade dans la maison et détourna les yeux. Un moment il pensa l'avertir qu'on la voyait de la rue, mais se ravisa : en frappant à la porte à cette heure de la nuit, il risquait de réveiller tous les gosses de la famille. D'ailleurs, elle pouvait difficilement venir lui ouvrir sans rien sur le dos. Sam bifurqua dans la rue d'après et reprit la direction de la grand-route.

Il marqua l'arrêt au croisement, bien qu'il n'y ait personne en vue, puis tourna vers le nord. Il prit de la vitesse jusqu'à ce que l'air chaud qui s'engouffrait par les fenêtres donne l'illusion d'un souffle de vent. A l'entrée de la ville, il ralentit et tourna peu après dans le parking d'un café-restaurant ouvert toute la nuit. Il descendit avec une souplesse surprenante pour un homme de sa taille et se dirigea à grands pas vers le restaurant.

Il faisait encore plus chaud à l'intérieur. Au centre de la salle il y avait un comptoir en U, recouvert de formica usé. Le long du mur, une rangée de boxes en contre-plaqué sans confort ni intimité. Au niveau de l'une des fenêtres, un climatiseur parfaitement inefficace soufflait un mince filet d'air qui s'évanouissait aussitôt. Les murs de bois avaient autrefois été blancs ; mais avec le temps la peinture avait jauni. Au-dessus du gril, les vapeurs grasses avaient laissé une tache noire qui témoignait à chaque instant de ces milliers de grillades qui avaient été préparées, absorbées, oubliées.

Le serveur de nuit était un maigre garçon de dix-neuf ans ; il avait de longs bras qui dépassaient des manchettes de sa chemise sale, comme si quelque machine infernale les avait démesurément étirés. Son visage aigu et osseux portait encore des traces d'acné et sa mâchoire inférieure pendait légèrement, un peu comme s'il vous défiait du menton ou se demandait quelle décision prendre. Lorsque Sam entra, il était affalé au comptoir, la tête dans les mains, et avait l'air complètement absorbé dans la lecture d'une bande dessinée d'horreur.

A la vue du représentant de l'ordre, il glissa prestement ses lectures sous le comptoir, redressa ses maigres épaules et se prépara à consacrer quelques minutes au protecteur de la ville endormie. Il attrapa une tasse de grosse faïence, tandis que Sam se laissait tomber sur le seul tabouret encore en bon état.

– Non, pas de café, Ralph. Fait trop chaud, dit Sam. Donne-moi plutôt un grand Coca.

Il retira sa casquette et s'épongea le front de l'avant-bras.

Ralph prit un verre ébréché à moitié plein de glaçons, et le remplit de Coca bien mousseux.

Sam le but, laissa fondre un glaçon dans sa bouche puis demanda :

– Qui est-ce qui a gagné le match de boxe, ce soir ?

– Ricci, répondit aussitôt le serveur. Aux points. Mais il garde sa chance pour le titre.

Sam vida un autre verre avant de se prononcer.

– Une bonne chose ça, que Ricci ait gagné. C'est pas tellement que j'aime les Italiens, mais il y aura au moins un Blanc pour disputer le titre.

Ralph acquiesça vivement.

– On a six champions noirs maintenant et tous en première division. Je me demande comment ils font pour être aussi bons.

Il pressait ses mains sur le comptoir, en écartant ses doigts osseux pour les faire paraître solides et fortes. Puis il regarda celles du policier et se demanda si les siennes seraient pareilles un jour.

Sam prit l'unique part de gâteau sous la cloche de plastique.

– Ils ne sentent pas les coups comme toi ou moi, expliqua-t-il. Ils n'ont pas le même système nerveux. C'est comme les animaux : il leur faut des coups de massue pour les assommer, voilà ce qu'il faut. C'est pour ça qu'ils gagnent les combats, c'est pour ça qu'ils n'ont pas peur de monter sur le ring.

Ralph hocha la tête ; à son regard on voyait que Sam venait d'avoir le mot de la fin. Il rajusta un peu la cloche en plastique.

– Mantoli était en ville, ce soir. Il a amené sa fille. Une vraie beauté à ce qu'il paraît.

– Je croyais qu'on ne l'attendait pas avant le début du mois.

Ralph se pencha vers lui en essuyant le comptoir avec un vieux chiffon dégoulinant.

– Ça a coûté plus cher qu'ils ne pensaient, pour terminer leur auditorium en plein air. Et après ils se sont aperçus que, s'ils voulaient rembourser leur prêt à temps, il allait falloir augmenter le prix des billets. A ce que j'ai entendu dire, si Mantoli est là, c'est donc pour se faire une idée sur le nombre de gens qui seraient partants.

Sam se versa ce qui restait de la bouteille de Coca.

– J'en sais rien, dit-il. Ce truc-là, ça peut réussir, mais ça peut aussi être le flop du siècle. J'y connais pas grand-chose en musique classique, mais je ne vois pas pourquoi les gens viendraient jusqu'ici, rien que pour voir Mantoli diriger un orchestre. Je sais bien que c'est un orchestre symphonique et tout, mais les gens qui aiment ce genre de musique, ils peuvent aller en écouter tout l'hiver, sans avoir à venir jusqu'ici, pour être en plus mal assis. Et sans compter s'il pleut...

Il finit son verre et jeta un coup d'œil à sa montre.

– Ouais, il y a ça, aussi. Je ne suis pas fana de musique non plus, reconnut Ralph ; enfin, pas de cette musique-là, en tout cas. Mais ce que je dis, c'est que, si ça peut nous faire connaître, comme ils le disent, et nous amener des touristes bourrés de fric, on arrivera peut-être à retaper cette taule, et à tous se requinquer un peu.

Sam se leva.

– Combien ? demanda-t-il.

– Quinze *cents*. Je ne vous compte pas le gâteau c'était le dernier. Bonne nuit, Mr Wood.

Sam laissa une pièce de vingt-cinq cents sur le comptoir et partit. Une fois le serveur s'était permis de l'appeler Sam. Mais il lui avait jeté un tel regard de réprobation que ça lui avait suffi. Depuis, c'était toujours « Mr Wood », et Sam trouvait que c'était très bien comme ça. Il remonta en voiture et fit un bref rapport par radio, puis reprit la direction de la ville. Bien carré dans son siège, il se prépara à passer le reste de la nuit dans la routine habituelle.

Il prit de la vitesse. L'air était toujours saturé de chaleur. Et pour la première fois de la nuit, Sam se prit à maudire cette fournaise qui était bien partie pour durer. Il ralentit, en approchant du centre. Les rues étaient désertes, mais, par habitude, il traversa lentement le petit quartier commerçant. Il repensa à Delores Purdy. Elle n'allait pas tarder à se marier, décida-t-il, et son gars s'en paierait une bonne tranche, avec elle. C'est à ce moment qu'il aperçut, à environ deux cents mètres de là, une forme allongée sur la route.

Il donna un coup d'accélérateur, et la voiture fit un bond en avant. Dans la lumière de ses quatre phares, l'obstacle se précisa, et Sam finit par s'arrêter au milieu de la rue, à quelques mètres de ce qui était en fait un homme, étendu sur la chaussée.

Il mit immédiatement ses feux de détresse et bondit hors de la voiture. Avant de se pencher sur l'homme, il jeta un rapide coup d'œil autour de lui, la main sur l'étui de son 38, prêt à riposter. Mais il ne vit que des maisons silencieuses et la chaussée déserte à perte de vue, alors il se baissa pour examiner l'homme à ses pieds.

Il était sur le ventre, les bras au-dessus de la tête et les jambes écartées ; son visage était tourné vers la gauche, la joue plaquée sur le macadam bosselé. Il avait les cheveux particulièrement longs, qui lui tombaient dans la nuque et rebiquaient sur le col de sa veste. Non loin de là, il y avait une canne à pommeau d'argent qui semblait curieusement fragile sur la chaussée rugueuse.

Sam glissa la main sous le corps inerte et chercha les battements du cœur. En dépit de la chaleur étouffante, l'homme portait un gilet étroitement boutonné ; sous le tissu, Sam ne décela aucun signe de vie. Il se rappela alors ce qu'il avait lu à propos des morts apparentes. Il n'avait jamais suivi de cours spéciaux, pour se préparer à son métier ; on l'avait tout simplement engagé, il avait eu droit à une journée formation et, tout de suite, il avait pris ses fonctions. Mais, selon les instructions, il avait étudié les lois en vigueur dans la ville, dans le comté et dans l'Etat et avait potassé les deux ou trois manuels que l'on pouvait se procurer au commissariat central. Il avait une excellente mémoire, et les connaissances qu'il avait ingurgitées lui revenaient maintenant, juste au moment voulu.

Ne présumez jamais qu'un individu est mort, jusqu'à ce qu'un médecin se soit prononcé. Il peut être évanoui, avoir été assommé, avoir perdu connaissance pour quelque autre motif. Des individus en état de choc sous l'effet de l'insuline ont souvent été déclarés morts mais, parfois, ont repris connaissance à la morgue. A moins qu'un corps ne soit mutilé au point de rendre inconcevable toute idée de survie – dans le cas, par exemple, d'un individu décapité –, présumez toujours qu'il est vivant, sauf si la décomposition est assez avancée pour éliminer toute possibilité de vie.

Sam revint précipitamment vers la voiture et attrapa le micro. A cette heure de la nuit, il ne s'encombra pas de formalités, et donna rapidement son message.

– A l'angle de Piney Street et de la grand-route approximativement, il y a un homme sur la chaussée, apparemment mort. Personne en vue, aucune voiture depuis plusieurs minutes. Envoyez immédiatement le médecin et l'ambulance.

Sam s'interrompit, se demanda un instant s'il s'était bien exprimé dans son rapport. L'expérience était nouvelle pour lui, et il tenait à faire les choses bien. A l'autre bout de la ligne, le standard lui répondait :

– Vous avez pu identifier la victime ?

Sam réfléchit rapidement.

– Non, pas encore, répondit-il. Je ne crois pas avoir déjà vu cet homme, mais je pense savoir qui c'est. Il a les cheveux longs, un gilet et une canne. Un homme petit, pas plus d'un mètre soixante-deux ou trois.

– Mais c'est Mantoli ! s'écria l'autre. Le chef d'orchestre. Celui qui organise le festival. Si c'est bien lui, et s'il est mort, ça pourrait faire un drôle de grabuge. Je répète, restez sur place.

Sam replaça le micro, et retourna vite auprès de la victime. L'hôpital était à moins de deux kilomètres : l'ambulance serait là dans cinq minutes. En se penchant de nouveau sur le corps, Sam revit le chien écrasé. Mais, cette fois, c'était bien pis.

Il posa doucement la main sur la nuque de l'homme, comme si ce contact pouvait le réconforter, lui faire comprendre qu'on n'allait pas tarder à le secourir, qu'il n'en avait plus que pour deux ou trois minutes à rester allongé sur la chaussée rugueuse et qu'en attendant, il n'était pas seul. Tandis que ces pensées se succédaient dans son esprit, Sam sentit qu'un liquide épais et poisseux lui engluait les doigts. Malgré lui, d'un mouvement vif, il retira sa main. La pitié qui l'avait envahi disparut, faisant place à une vague de colère.

2

A 4 h 04 du matin, le téléphone sonna au chevet de Bill Gillespie, chef de la police de Wells. Il lui fallut quelques secondes pour s'arracher au sommeil. En décrochant, il savait déjà qu'il s'agissait d'une affaire grave et peut-être même très grave : sinon, le policier de garde s'en serait occupé tout seul. C'était bien lui, à l'autre bout du fil.

– Chef, ça m'embête de vous réveiller, mais, si Sam Wood ne se trompe pas, on pourrait bien avoir sur les bras un meurtre de première importance.

Gillespie, au prix de quelques efforts, réussit à s'asseoir sur son lit.

– Un touriste ?

– Non, pas tout à fait. Pour l'instant, Sam a cru reconnaître Enrico Mantoli... vous savez, le type qui devait organiser un festival de musique ici. Notez bien, chef, on n'est même pas encore sûrs que l'homme soit mort, mais s'il l'est, et si Sam l'a bien identifié, alors, quelqu'un a descendu notre vedette locale, et toute cette histoire de festival est fichue.

Bill Gillespie était maintenant tout à fait réveillé. Tandis que ses orteils tâtonnaient machinalement à la recherche de ses pantoufles, il savait qu'on attendait de lui qu'il prenne l'affaire en main. La formation qu'il avait reçue, là-bas, au Texas, lui dicta la réponse.

– Bon, alors, écoutez. J'arrive tout de suite. Envoyez immédiatement là-bas un médecin, l'ambulance et un photographe, et puis trouvez-moi quelques hommes en plus. Dites à Wood de rester sur place jusqu'à mon arrivée. Vous connaissez la procédure ?

Le policier de service, qui n'avait encore jamais eu à s'occuper d'un meurtre, répondit par l'affirmative. Gillespie raccrocha et commença à s'habiller rapidement en se répétant ce qu'il allait faire en arrivant sur les lieux. Il y avait à peine plus de deux mois qu'il était chef de la police, à Wells ; et maintenant il lui fallait faire ses preuves. Tout en laçant ses chaussures, il se dit qu'il saurait toujours mener cette affaire mais qu'il aimerait bien être débarrassé des premières difficultés.

Bien qu'il n'ait que trente-deux ans, Bill Gillespie avait énormément confiance dans ses propres capacités à affronter tous les problèmes qui pouvaient se présenter. Avec sa taille déjà, – plus d'un mètre quatre-vingt-dix – il pouvait littéralement regarder de haut la plupart des hommes. Et son énergie, qui pourtant avait fait fuir la jeune femme qu'il voulait épouser, renversait bien des obstacles. S'il avait un meurtre sur les bras, il le tirerait au clair, et personne pendant l'enquête ne se permettrait de douter de ses capacités.

Il se rappela alors qu'on ne lui avait pas précisé le lieu du crime. Il reprit le téléphone d'un geste irrité et, dans sa hâte, composa un mauvais numéro. Il raccrocha violemment, avant même d'avoir entendu sonner, à l'autre bout ; puis, en se forçant à rester calme, il refit un essai.

Le policier de garde attendait son appel et répondit tout de suite.

– Où est-ce ? demanda Gillespie.

– Sur la grand-route, chef, juste après Piney Street. L'ambulance y est déjà, et le médecin a prononcé le décès. Pas encore d'identification formelle.

– Bien, répondit Gillespie.

Et il raccrocha. Il était irrité d'avoir eu à rappeler pour savoir où aller. On aurait dû le lui dire dès le premier coup de fil.

La voiture de Bill Gillespie avait une sirène, des feux supplémentaires au niveau du pare-brise arrière et un émetteur-récepteur. Il sauta sur son siège et démarra à toute allure, sans autre considération pour le moteur encore froid. Moins de cinq minutes après, il aperçut la voiture de ronde, l'ambulance et un petit groupe rassemblé au milieu de la route. Gillespie fonça et descendit de voiture avant même d'être complètement arrêté.

Sans parler à personne, il marcha à grands pas jusqu'à l'endroit où était le corps. Il s'accroupit auprès de lui et commença à le palper rapidement.

– Où est son portefeuille ? demanda-t-il.

Sam Wood s'avança pour répondre.

– Il a disparu. Ou, en tout cas, je ne l'ai pas trouvé sur lui.

– A-t-on pu l'identifier avec certitude ? redemanda Gillespie d'un ton brusque.

Ce fut le jeune médecin, venu avec l'ambulance, qui lui répondit.

– C'est Enrico Mantoli, le chef d'orchestre. C'était lui l'instigateur du festival de musique que nous voulions organiser ici.

– Ça je le sais, répliqua sèchement Gillespie qui considéra de nouveau le corps.

Il avait envie de lui dire de se redresser, d'essuyer son visage couvert de poussière et de raconter ce qui s'était passé, qui avait commis ce meurtre. Mais cet homme-là, lui, échappait à son autorité. Tant pis, on allait s'en tirer autrement. Gillespie leva les yeux.

– Sam, prenez votre voiture, allez voir à la gare et dans les quartiers nord, au cas où il y aurait quelqu'un d'assez cinglé pour essayer de quitter la ville. Attendez.

Il se tourna vers le médecin.

– Depuis combien de temps cet homme est-il mort ?

– Moins d'une heure, à mon avis ; peut-être même moins de trois quarts d'heure. Celui qui a fait le coup ne doit pas être bien loin.

Gillespie eut une expression agacée.

– Je vous ai simplement demandé depuis combien de temps il était mort, pas de me dire ce que j'ai à faire ; c'est à moi de vous le dire. Je veux des photos du corps sous tous les angles, y compris des clichés d'assez loin pour voir sa position par rapport au trottoir et aux bâtiments côté ouest. Marquez ensuite les contours à la craie et fermez tout le quartier à la circulation. Après, vous pourrez emmener le corps.

Il se releva, vit Sam qui attendait sans rien dire.

– Qu'est-ce que je vous ai demandé de faire ? fit-il.

– Vous m'avez dit d'attendre un instant, répondit Sam sans s'émouvoir.

– Bon, ça va, vous pouvez y aller. Et grouillez-vous.

Sam regagna sa voiture et démarra en quatrième vitesse pour dissuader tout reproche. En se dirigeant vers la gare, il se prit à espérer que Gillespie bousillerait l'affaire et se rendrait publiquement ridicule. Mais il se dit aussitôt que ces pensées étaient indignes d'un officier assermenté et décida que, quoi qu'il arrive, il s'acquitterait de sa mission avec zèle et efficacité.

En approchant de la gare silencieuse, il ralentit, pour ne pas donner l'alerte au meurtrier qui pouvait se cacher là. Il vint se ranger tout près du quai et descendit immédiatement. C'était une toute petite gare qui datait au moins d'une cinquantaine d'années ; elle était mal éclairée, et les quelques ampoules poussiéreuses paraissaient aussi immuables que les bancs inconfortables et usés ou que le vieux sol carrelé. A la porte de la salle d'attente principale, Sam eut envie, tout d'un coup, d'enlever un peu sa casquette. Mais il n'en fit rien et entra dans la gare en officier de police irréprochable, la main droite sur le revolver. La salle d'attente était vide.

Sam huma l'atmosphère, sans y déceler la moindre trace de présence humaine récente. Pas de fumée de cigarette, rien que l'odeur habituelle à toutes les gares, celle des milliers de voyageurs anonymes qui étaient passés par là avant de poursuivre leur chemin.

Le guichet était fermé. Derrière la vitre, une pancarte indiquait les heures d'arrivée des trains de nuit, en gros chiffres au crayon. Sam parcourut la salle du regard, tout en réfléchissant. Si le meurtrier était là, tout laissait croire qu'il n'était pas armé. Il avait tué en frappant sa victime par-derrière, avec un instrument contondant ; et, face à un instrument contondant, Sam était sûr de pouvoir s'en sortir. Il se baissa pour regarder sous les bancs. Il n'y avait rien, que de la poussière et quelques bouts de papier.

Il poussa la porte qui donnait sur le quai et regarda dans les deux sens. Là aussi, tout était désert. D'un pas décidé, il passa devant la porte de la consigne, vérifia, et s'arrêta devant une autre porte, plus sale, au-dessus de laquelle un écriteau blanc spécifiait : « VOYAGEURS DE COULEUR. » La main sur le revolver il entra brusquement. L'intérieur était mal éclairé. Et soudain, il retint son souffle. Il y avait quelqu'un dans cette salle.

D'un coup d'œil, Sam jaugea l'homme et vit qu'il n'était pas de Wells. Il était assez mince, vêtu en citadin, avec chemise blanche et cravate. Sam estima qu'il devait avoir la trentaine, mais c'était toujours difficile de donner un âge aux Noirs. Il n'était pas allongé sur le banc en train de dormir mais se tenait au contraire assis très droit, comme s'il attendait quelque chose. Il avait retiré sa veste et l'avait soigneusement pliée à côté de lui. Lorsque Sam entra, il était en train de lire un livre de poche ; il leva les yeux, et Sam vit qu'il n'avait ni le nez épaté ni les grosses lèvres épaisses des Noirs qu'on voyait dans le coin. Son nez était presque comme celui d'un Blanc, et le dessin de ses lèvres était sobre et régulier. S'il avait eu le teint un peu plus clair, Sam aurait pensé qu'il avait du sang blanc, mais il avait vraiment la peau trop noire pour ça.

Le Noir posa son livre et laissa ses mains sur ses genoux ; il leva les yeux vers le large visage de Sam.

Celui-ci prit immédiatement la direction des opérations.

– Debout, le nègre, ordonna-t-il.

En cinq enjambées rapides, il avait traversé la salle.

Le Noir tendit la main vers sa veste.

– Non, pas de ça !

Sam, d'un geste vif, fit virevolter son homme et coinça solidement son avant-bras sous son menton. Dans cette position, il pouvait facilement le maîtriser tout en gardant son bras droit libre. Sans attendre, il fouilla son prisonnier ; celui-ci semblait trop effrayé pour tenter de résister. Quand il eut fini, Sam desserra un peu son bras et dit :

– Mets-toi debout face au mur. Tu vas lever les mains, doigts écartés, et t'appuyer dessus. Garde-les bien en l'air, que je les voie. Et ne bouge pas avant que je te le dise.

Le Noir obéit sans un mot. Sam s'empara de sa veste et en tâta la poche intérieure. Elle contenait un portefeuille qui avait l'air particulièrement épais.

Avec un curieux sentiment d'excitation, Sam le sortit et se mit à l'examiner. Il y avait là un bon paquet de billets, surtout de dix et de vingt dollars ; il les feuilleta un peu et lorsqu'il tomba sur une coupure de cinquante dollars, Sam se sentit sûr de son fait. Il referma le portefeuille d'un coup sec et le mit dans sa poche. Son prisonnier était toujours immobile, les pieds loin du mur, le corps penché en avant, appuyé en partie sur ses mains levées. Sam l'examina attentivement, de dos. D'après lui, il pesait dans les soixante-dix kilos, peut-être un peu plus, mesurait environ un mètre soixante-quinze : il était donc assez grand pour avoir fait le coup. Son pantalon portait encore la trace d'un pli : il avait dû faire donner quelque part un coup de fer à son costume. Il n'avait pas un gros arrière-train, comme les autres Noirs, pensa Sam, ce qui ne voulait pas dire qu'il était frêle. Quand il l'avait palpé pour vérifier qu'il n'avait pas d'arme, Sam avait senti sa chair, ferme et dure.

Il prit la veste sur son bras.

– Sors par la porte de gauche, ordonna-t-il. Il y a une voiture de police, dans l'allée. Monte derrière et ferme la portière. Au moindre geste je te tire comme un lapin. Vas-y, maintenant.

Le Noir obéit, passa sur le quai, côté ville, et monta docilement à l'arrière de la voiture. Il claqua la portière, juste assez fort pour s'assurer qu'elle était bien fermée, et s'installa sur la banquette. Il s'en était tenu strictement à ce qu'on lui avait ordonné.

Sam se mit au volant. Les portières n'avaient pas de poignées, à l'intérieur ; il savait donc que son prisonnier ne pouvait s'échapper. Il songea un instant à la façon dont Mantoli avait été tué d'un coup sur la tête, probablement par-derrière et sans doute par le suspect qui était, en ce moment même, assis derrière lui. Mais il se rassura en se disant qu'il n'y avait rien, à l'arrière de la voiture, qui puisse servir d'arme ; il viendrait facilement à bout d'une attaque à mains nues et, pour un peu, il en aurait presque eu envie : un peu d'exercice lui aurait fait du bien, surtout avec un homme aussi facile à manier que son prisonnier.

Sam prit le micro et dit laconiquement :

– Ici Wood. J'appelle de la gare. J'amène un suspect de couleur.

Il réfléchit et décida de ne rien ajouter. Cela pouvait attendre jusqu'au commissariat. Moins on en disait sur les ondes, et mieux cela valait.

Le prisonnier resta silencieux pendant les deux

kilomètres entre la gare et le commissariat où deux hommes les attendaient à l'entrée ; Sam les écarta d'un geste : il pouvait s'occuper seul de son prisonnier. Il prit tout son temps pour descendre, fit le tour de la voiture, et alla ouvrir la porte arrière.

– Dehors, ordonna-t-il.

Le Noir descendit et, sans protester, se laissa prendre par le bras et entraîner dans le commissariat. Sam entra selon les règles, exactement comme le lui avaient enseigné les manuels : de la main gauche, il maintenait fortement son prisonnier, tandis que la droite était posée sur la crosse de son automatique. Sam regretta qu'il n'y ait personne à ce moment-là pour prendre une photo, mais se rendit compte qu'une fois de plus il oubliait la dignité de sa fonction.

Au moment où il se dirigeait vers la rangée de cellules, Sam fut arrêté par le policier de nuit, qui lui désigna sans un mot le bureau de l'inspecteur Gillespie. Sam acquiesça, guida son homme jusqu'à la porte et frappa.

– Entrez, cria Gillespie d'une voix stridente.

Sam poussa la porte d'une main, son prisonnier de l'autre et attendit, devant le bureau. Gillespie faisait mine de lire des papiers posés devant lui. Il posa enfin son stylo et, pendant vingt bonnes secondes, dévisagea le suspect avec insistance. Sam ne pouvait pas voir la réaction du prisonnier, et n'osait pas tourner la tête, de peur de rompre le charme.

– Comment tu t'appelles ? demanda brusquement Gillespie, sec comme un coup de trique.

Sam fut stupéfait en entendant le Noir parler pour la première fois, d'une voix calme et posée.

– Tibbs. Virgil Tibbs, répondit-il.

Après quoi, il se tint parfaitement immobile. Sam lui lâcha un peu le bras, mais il ne fit pas un mouvement pour s'asseoir sur la chaise libre, à côté de lui.

– Que faisais-tu à la gare ?

Cette fois, le ton était moins percutant.

Le Noir répondit sans ciller.

– J'attendais le train de 5 h 17 pour Washington.

Le même silence se répéta ; les trois hommes étaient totalement immobiles.

– Quand et comment es-tu arrivé ici ?

Cette fois, Gillespie n'était ni aussi doux ni aussi patient qu'il en avait l'air.

– Par le train de 12 h 35. Il avait trois quarts d'heure de retard.

– *Quel* train de 12 h 35 ? aboya brusquement Gillespie.

Le prisonnier répondit, toujours sur le même ton :

– Celui qui vient du Sud. La ligne d'intérêt local.

Sam serra les dents pour ne pas sourire. Il en était arrivé à penser malgré lui, qu'il s'agissait là d'un Noir évolué, ceux qui rôdaient dans les couloirs des Nations unies, à New York, s'il fallait en croire les actualités au cinéma. Ça allait peut-être compliquer les choses, pour Gillespie.

– Et qu'est-ce que tu faisais dans le Sud ?

– Je suis allé voir ma mère.

Il y eut une pause. Sam devina que la prochaine question allait être importante et que Gillespie attendait délibérément pour lui donner encore plus de poids.

– Où as-tu pris l'argent du voyage ?

Avant que le prisonnier ait pu répondre, Sam avait tiré de sa poche le portefeuille du Noir et le tendait à Gillespie. Celui-ci jeta un rapide coup d'œil sur l'argent et le reposa violemment sur son bureau.

– Et où est-ce que tu as eu tout ce fric ? questionna-t-il en se soulevant un peu de son fauteuil pour lui donner une idée de sa taille.

– Je l'ai gagné, répondit le Noir.

Sûr de son fait, Gillespie se laissa retomber sur son siège. Les Noirs étaient bien incapables de gagner autant d'argent, ou, s'ils en gagnaient, de le garder ; il le savait pertinemment. Le verdict était rendu, l'affaire ne le concernait plus.

– Où est-ce que tu travailles ? demanda-t-il.

Au son de sa voix, Sam comprit que le chef se disposait à rentrer chez lui pour se remettre au lit.

– A Pasadena, en Californie.

Bill Gillespie eut un sourire grimaçant. Plus de trois mille kilomètres, ça faisait loin pour beaucoup de gens, et encore plus pour les gens de couleur. Assez loin pour qu'ils puissent croire qu'on n'irait pas les chercher là-bas. Gillespie se pencha sur son bureau, pour mieux marquer sa question.

– Et qu'est-ce que tu peux bien faire à Pasadena, en Californie, pour gagner autant d'argent ?

Le prisonnier attendit un instant avant de répondre :

– Je suis officier de police, dit-il.

3

Sam Wood, par définition, n'aimait pas les Noirs ; ou, du moins, il n'envisageait pas de se placer, avec eux, sur un plan d'égalité. Il fut donc un peu embarrassé d'éprouver cette pointe d'admiration pour celui qui était en ce moment à côté de lui. Sam était sportif ; cela lui plaisait donc de voir quelqu'un, n'importe qui, tenir tête avec succès à son nouveau chef.

Avant l'arrivée de Gillespie, Sam passait pour un costaud, mais le Texan avec son mètre quatre-vingt-douze l'avait automatiquement relégué au second rang. Le nouveau chef n'avait que trois ans de plus que Sam – c'était trop jeune, pensait celui-ci, pour ce genre de poste, même dans une petite ville comme Wells. Et qui plus est, Gillespie venait du Texas, région pour laquelle Sam n'avait aucune attirance ; mais surtout, il le sentait, c'étaient la brutalité, le manque d'égards, les exigences de Gillespie qui l'irritaient. Sam finit donc par conclure qu'il n'avait aucune sympathie pour le Noir, mais qu'il éprouvait une profonde satisfaction à contempler l'embarras de Gillespie. Avant d'avoir pu pousser plus loin ses réflexions, il s'aperçut que son chef le regardait.

– Avez-vous questionné cet homme, avant de l'amener ici ? demanda Gillespie.

– Non, chef, répondit Sam.

Le « chef » eut du mal à passer.

– Et pourquoi donc ? aboya Gillespie d'un ton que Sam trouva délibérément injurieux.

Mais, si le Noir pouvait garder son sang-froid, lui aussi en était capable. Il réfléchit une minute, puis répondit, aussi calmement que possible.

– Selon vos ordres, je devais vérifier la gare et puis voir s'il n'y avait pas dans le coin un auto-stoppeur ou tout autre individu suspect. Quand j'ai découvert ce n... cet homme à la gare, je l'ai amené tout de suite pour pouvoir exécuter le reste des instructions. Est-ce que je dois repartir ?

Sam était content de lui. Il savait qu'il n'avait pas le verbe facile mais cette fois, il était sûr d'avoir dit ce qu'il fallait.

– Je veux d'abord en finir avec celui-là, fit Gillespie, qui se retourna vers Tibbs. Vous dites que vous êtes flic en Californie ?

– C'est exact, répondit Tibbs, qui attendait patiemment, debout près de la chaise libre.

– Prouvez-le.

– Il y a une carte d'identité dans mon portefeuille.

Gillespie ramassa le portefeuille sur son bureau, comme s'il manipulait quelque chose de répugnant. Il l'ouvrit et considéra un instant fixement la petite carte blanche placée sous le premier transparent. Après quoi, il le referma d'un coup sec et le jeta négligemment à Tibbs qui le prit et le glissa tranquillement dans sa poche.

– Et qu'est-ce que vous avez fait, toute la nuit ?

La voix de Gillespie dénotait maintenant une certaine irritation. Il cherchait la bagarre et défiait quiconque de relever la provocation.

– Quand je suis descendu du train, je suis allé dans la gare et j'ai attendu. Je n'ai pas bougé.

L'attitude de Tibbs était exactement la même et ce seul fait semblait énerver Gillespie, qui changea brusquement de sujet.

– Vous savez, je pense, que par ici on ne laisse pas des types comme vous devenir flics ?

Il attendit ; il y eut un silence.

– Vous avez été assez futé pour ne pas aller dans la salle d'attente des Blancs, hein ?

Et Gillespie s'appuya à nouveau de ses deux mains énormes sur le bureau et fit mine de vouloir se lever.

– Oui, c'est exact.

Gillespie prit une décision.

– Ça va bien, restez au poste. Je vais contrôler vos dires. Sam, occupez-vous de lui.

Sans un mot, Sam Wood tourna les talons et sortit à la suite de Virgil Tibbs. En temps normal, jamais il n'aurait laissé un Noir passer devant lui, mais ce Noir-là ne lui laissa pas le temps de sortir le premier, et Sam se dit que ce n'était pas le moment de soulever la question. Les deux hommes à peine sortis, Gillespie leva son énorme poing et l'abattit sur le bureau. Puis il attrapa le téléphone et dicta un télégramme à l'adresse des services de police de Pasadena, Californie.

Sam Wood conduisit Virgil Tibbs jusqu'à la petite salle de détention et lui désigna un banc de bois. Tibbs le remercia, s'assit, sortit de sa poche le livre qu'il lisait à la gare et se replongea dans sa lecture. Sam jeta un coup d'œil à la couverture. C'était *Comprendre la science*, de Conant. Il s'assit à son tour ; il aurait bien aimé aussi avoir quelque chose à lire.

Derrière la fenêtre, le ciel devint gris, tout strié de nuages étrangement sales, puis s'éclaircit peu à peu ; et Sam se dit que, pour cette nuit, les rondes étaient terminées : il allait faire jour. Le banc était dur et il commençait à avoir des courbatures. Malgré la chaleur, il avait envie d'une tasse de café ; il aurait bien voulu se remuer un peu. Il était en train de se demander s'il n'allait pas se lever pour s'étirer, quitte à se faire un peu remarquer, quand Gillespie parut brusquement sur le seuil. Tibbs leva les yeux, une lueur interrogative dans le regard.

– Vous pouvez partir, si vous voulez, dit Gillespie en s'adressant à lui. Vous avez raté votre train, et il n'y en a pas d'autre avant l'après-midi. Si vous préférez attendre ici, on vous fera apporter à manger.

– Merci, accepta Tibbs.

Sam décida qu'il pouvait se lever. Gillespie était reparti, il sortit à son tour et se dirigea dans le couloir, vers la porte marquée « Blancs ». Il entra et trouva le policier de garde, qui se lavait les mains. A l'expression de son visage Sam comprit qu'il savait quelque chose.

– Y a du neuf, Pete ? demanda-t-il.

Pete hocha la tête, s'aspergea le visage et l'enfouit dans une serviette. Quand il en émergea, il répondit :

– Le chef vient de recevoir un télégramme, il y a cinq minutes.

Il se pencha pour vérifier qu'il n'y avait personne aux toilettes.

– Ça vient de Pasadena ; il venait juste d'en envoyer un qui disait : « Avons ici homicide grave. Sollicitons renseignements au sujet Virgil Tibbs, Noir prétend faire partie services police Pasadena. Le détenons à titre de suspect. »

– Il a pas tort de vouloir vérifier, remarqua Sam.

– Attends ; tu vas voir la réponse.

Pete baissa la voix au point que Sam dut se rapprocher pour l'entendre.

– « Confirmons Virgil Tibbs membre services police Pasadena depuis plus de dix ans. Actuellement inspecteur. Spécialiste affaires criminelles. Excellente réputation. Prière nous aviser si avez besoin ses services. Convenons gravité homicide. »

– Pfff ! souffla Sam.

– Tu l'as dit, approuva Pete. Je parie que Gillespie ne sait pas du tout ce que c'est une enquête criminelle. S'il ne débrouille pas celui-ci, en vitesse, il va avoir toute la ville sur le dos. Et voilà que pour l'aider on lui colle un spécialiste, qui est aussi le principal suspect et en plus un n...

Il se tut : Sam avait levé la main pour lui faire signe d'attendre. Des pas longèrent le couloir et s'évanouirent dans le silence.

– Ce que je voudrais bien savoir, déclara Sam, c'est si Gillespie est aussi nul qu'il en a l'air, comment il s'est arrangé pour décrocher ce poste. Il passait pour un crack là-bas au Texas, non ?

– Il n'a jamais été flic ; il dépasse la taille réglementaire. Il était gardien de prison – le genre gros bras, capable de mater les ivrognes. Au bout de trois ans de ce régime, il a répondu à une annonce et c'est comme ça qu'il a eu la place. Il doit se dire que dans quelque temps, il va pouvoir monter en grade. Mais, s'il bousille cette affaire, il est fichu, et il en a conscience.

– Et comment tu sais tout ça, toi ?

Pete pinça les lèvres et grimaça un sourire.

– Il y a longtemps que je suis dans le métier et je me suis fait pas mal de copains un peu partout. Je crois que je vais rester dans les parages, pour voir un peu ce qui se passe. Je suis de jour à partir de demain donc ça va être bien, pour ça. Et toi ?

– Je crois que je vais faire pareil, dit Wood.

Dix minutes plus tard, on amenait le corps du maestro Enrico Mantoli ; l'hôpital avait refusé de le garder plus longtemps. Quand Pete se rendit au bureau de son chef, pour l'en avertir personnellement, il le trouva debout, les mains dans la ceinture du pantalon, l'esprit visiblement à mille lieues de là. Pete attendit qu'on veuille bien s'apercevoir de sa présence, puis annonça la nouvelle et se retira en vitesse, trop heureux de s'en tirer à si bon compte. Quelques instants après, Gillespie émergea de son bureau, traversa le couloir à grandes enjambées et s'arrêta à la porte de la salle de détention. Il regarda fixement Tibbs. Celui-ci leva les yeux, vit Gillespie et attendit qu'il se décide à parler.

– Pasadena m'informe que vous seriez un spécialiste des affaires criminelles, aboya Gillespie.

– Ça fait partie de mes qualifications, répondit Tibbs.

– Vous avez déjà vu des cadavres ? questionna Gillespie, avec un regard mauvais.

– Plus que je n'aurais voulu.

– Je vais aller en examiner un ; vous pourriez peut-être m'accompagner ?

Tibbs se leva.

– Après vous, monsieur, dit-il.

Personne ne parut particulièrement surpris de voir Virgil Tibbs entrer sans bruit sur les pas du formidable Gillespie. La morgue redoutable était une pièce exiguë, dont le centre était occupé par une table d'opération ; contre le mur, il y avait une sorte d'énorme classeur composé d'une demi-douzaine de tiroirs à l'aspect sinistre. Dans un angle, un bureau de bois et un fauteuil voisinaient avec un meuble à moitié rempli d'instruments. Le chef alla droit sur la table, se pencha et dévisagea longuement le mort. Il en fit deux fois le tour et à un moment il prit le bras du cadavre, le fléchit avec précaution puis le replaça dans sa position initiale. Ensuite il s'accroupit pour examiner de plus près le crâne du mort, à l'endroit du coup. Finalement, il se releva et pointant un doigt presque accusateur, dit :

– Virgil – que voici – travaille pour les services de police de Pasadena, sur les enquêtes criminelles, il désire examiner le corps. Laissez-le faire.

Sur ce, Gillespie sortit à grands pas et se dirigea vers les toilettes, pour aller se laver les mains.

Dès qu'il se sentit propre et purifié du contact du cadavre, il se mit à penser à son petit déjeuner. Il avait définitivement renoncé à l'idée d'aller se recoucher et décida que ce n'était pas la peine non plus de rentrer se raser : dans ces circonstances, il n'était pas obligé d'être tiré à quatre épingles, et il avait même peut-être intérêt à montrer qu'il faisait des heures supplémentaires. Il opta donc pour un petit déjeuner.

Il rejoignit sa voiture, y casa ses grandes jambes comme il put et démarra en dérapage contrôlé. Six minutes plus tard, il arrivait au restaurant de nuit en terrorisant le serveur rien qu'à la façon dont il se campa sur son tabouret.

– Donne-moi le *ranch breakfast*, ordonna-t-il.

Le serveur acquiesça rapidement et se mit aussitôt en devoir de préparer les galettes de froment, les œufs au bacon, les pommes de terre, les toasts et le café qui composaient le *ranch breakfast.* Dans un excès de zèle, il creva les deux jaunes d'œufs et dut tout recommencer. Quand il arriva enfin à servir Gillespie, il lui avait déjà rempli trois fois sa tasse de café. Ayant tout englouti et réglé sans laisser de pourboire, Gillespie quitta le restaurant, laissant le garçon encore tout tremblant au point de ne pas pouvoir se servir un verre d'eau. Gillespie n'avait plus rien dit après avoir commandé, mais son front barré de rides reflétait des préoccupations déplaisantes.

Au retour, Gillespie conduisit plus lentement. Le soleil était maintenant levé, et il commençait à y avoir de la circulation sur la grand-route. Sa prudence était due au fait qu'il ne voulait pas être pris en train de transgresser des règles qu'il avait juré de faire respecter ; mais aussi au fait qu'il avait besoin d'un peu de temps pour réfléchir.

Comment est-ce qu'on s'y prenait, se demandait-il, pour attraper un meurtrier ? En temps normal, on commencerait probablement par chercher qui pouvait en vouloir au mort ; mais là il s'agissait d'une simple affaire de vol qualifié. Pendant son bref passage à la morgue, Gillespie avait appris deux choses : d'une part, le portefeuille du mort avait disparu ; d'autre part, il était connu pour avoir toujours sur lui des sommes très importantes. Bon, alors comment retrouver celui qui, en pleine nuit, avait frappé Mantoli à la tête et s'était sauvé, sans que personne ne le voie ? Comment reconnaître quelqu'un qui convoite un argent auquel il n'a pas droit, comment retrouver cet argent, sans avoir le numéro des billets, ni aucune autre indication d'ailleurs sur cet argent ? Pas moyen de prendre des moulages d'empreintes sur une chaussée de ciment ; pas moyen non plus d'avoir des traces de pneus. Alors, bon Dieu, qu'est-ce qu'on faisait, dans ces cas-là ?

Eh bien, on peut éventuellement consulter un expert en matière criminelle. Mais qu'est-ce qu'il faut faire quand il vous en tombe un du ciel, mais qu'il est noir ?

Gillespie changea d'avis et prit la direction de chez lui. Il se rasa, se vaporisa un peu de déodorant sous les aisselles en guise de douche, se brossa les cheveux et reprit le chemin du commissariat à travers la circulation matinale. Tout en roulant, il prit au moins une décision : il allait se débarrasser de Tibbs le plus vite possible. Les types de Pasadena s'étaient fichus de lui, en le lui recommandant. Personne n'avait le droit de venir lui dire qu'un Noir était plus capable que lui.

Revigoré par cette pensée, Gillespie grimpa quatre à quatre les marches du commissariat ; il s'arrêta au bureau et demanda où était Tibbs.

Le policier de service, visiblement au courant de ce qui se passait, répondit :

– Je crois qu'il est toujours en train d'examiner le corps, monsieur.

– Il y est toujours ! explosa Gillespie. Mais qu'est-ce qu'il cherche, bon Dieu ? Comment est mort un homme qui a reçu un coup sur la tête assez violent pour lui ouvrir le crâne ?

– J'ai jeté un coup d'œil, avant de prendre mon service, dit le policier ; il était en train de gratter des petits débris sous les ongles du cadavre. Il m'a demandé si nous avions un microscope, je lui ai répondu que non. Après il a enlevé une bague au doigt du mort et il a regardé les initiales à l'intérieur ; mais il était l'heure que je prenne mon service alors je suis parti.

En entrant dans son bureau, Gillespie trouva Sam Wood, qui l'attendait.

– J'ai pensé que je ferais peut-être mieux de vous voir, avant de rentrer chez moi, expliqua Sam, au cas où vous auriez des questions à me poser ou si vous voulez que je reste.

Un instant, Gillespie se laissa aller et eut l'air presque humain.

– Merci de votre prévenance, Wood, fit-il. Asseyez-vous et dites-moi ce que vous pensez de notre ami noir, *monsieur l'inspecteur* Virgil Tibbs.

Sam s'assit.

– Je pense qu'il a du cran, répondit-il en regardant son chef.

Il se demanda s'il n'y allait pas un peu fort, et rectifia :

– Enfin, en tout cas, il n'a pas peur de manipuler un cadavre.

– Je croyais l'avoir entendu dire qu'il n'aimait pas ça, intervint Gillespie.

– Je pense qu'il voulait parler des meurtres.

– Je croyais que les meurtres c'était justement son boulot.

La conversation s'arrêta : Virgil Tibbs était à la porte.

– Excusez-moi, messieurs : pouvez-vous me dire où je pourrais me laver les mains ?

Gillespie répondit immédiatement.

– Les toilettes pour les Noirs sont au bout du couloir à droite.

Tibbs fit un signe de tête et disparut.

– Il n'y a pas de savon ni de serviettes, là-bas, fit remarquer Sam à Gillespie.

– C'est à ça que lui sert sa chemise, riposta Gillespie d'un ton bref.

Sam se raidit, croisa les jambes en sens contraire, mais se détendit presque tout de suite ; après tout, ça ne le regardait pas. Il avait envie de partir. Il se rappela alors qu'il avait proposé de prolonger son service et qu'il n'avait pas eu de réponse. Il regarda Gillespie ; celui-ci contemplait ses mains énormes, qu'il avait jointes sur son bureau. Quelque chose dans son expression annonçait l'orage. Il leva les yeux.

– Si vous preniez votre voiture pour voir si vous pouvez trouver la fille de Mantoli ? J'ai entendu dire qu'elle logeait chez les Endicott. Annoncez-lui doucement la nouvelle, et faites-la venir ici pour reconnaître officiellement le corps. Je sais que ce n'est pas une mission agréable, mais ça fait partie de notre boulot. Vous feriez bien de partir tout de suite, si vous voulez la voir avant qu'elle ait appris ce qui s'est passé. Personne n'a encore rien dit, mais un secret ne se garde pas très longtemps dans cette ville.

Virgil Tibbs reparut sur le seuil et demanda :

– Désirez-vous connaître le résultat de mon examen, monsieur ?

Gillespie se renversa dans son fauteuil et se balança légèrement : avec sa taille il ne pouvait pas vraiment aller plus loin sans risquer de tomber.

– J'ai réfléchi, Virgil, et j'ai décidé que le mieux serait que vous quittiez la ville par le prochain train. Ce n'est pas votre place, ici. Je sais sur le mort tout ce que j'ai besoin de savoir. Et en rentrant, dites à votre chef que je le remercie de m'avoir offert vos services mais que je ne peux absolument pas accepter, vous savez pourquoi.

Gillespie se pencha cette fois en avant.

– Ah, j'oubliais, ajouta-t-il : je fais taper une décharge pour nous disculper de toute accusation d'arrestation arbitraire, en ce qui vous concerne. J'aimerais que vous la signiez avant de partir.

– De vous à moi, entre policiers, dit Tibbs d'un ton égal, je n'ai pas l'intention de vous poursuivre, vous et Mr Wood, pour arrestation arbitraire. Ce n'est pas la peine de faire une décharge. Je vous remercie de votre hospitalité.

Brusquement un bras écarta Tibbs et Pete, le visage empourpré, fit son apparition à la porte.

– Nous le tenons, chef, on le tient y a pas de doute possible. C'est Harvey Oberst ; il a déjà eu des ennuis avec la police. Nos gars l'ont ramassé et on a trouvé sur lui le portefeuille de Mantoli.

Gillespie regarda Tibbs, qui allait sortir.

– Comme je vous le disais, Virgil, nous connaissons notre métier ici. Rentrez chez vous.

4

Bill Gillespie se tourna vers Sam.

– Vous avez mangé ?

– Non, pas encore.

– Alors, restez ici et faites-vous apporter quelque chose. Arnold peut aller chercher la petite Mantoli.

– Non, c'est pas grave, je vais y aller. Je sais comment on va chez les Endicott et je ne crois pas qu'Arnold sache, lui. En parlant de manger, on doit un petit déjeuner à Virgil... on lui a promis.

– Je lui ai dit de ficher le camp.

Sam sentit qu'il pouvait aller un peu plus loin.

– Je sais, monsieur, mais il n'a pas de train avant plusieurs heures, et le seul car qui passe par ici pour aller dans le Nord ne prend pas les Noirs. C'est à cause de moi qu'il a manqué son train. Et puisque c'est un flic, on devrait peut-être le laisser attendre ici...

Puis saisi d'une inspiration subite :

– Comme ça au moins, il pourra dire du bien de nous en rentrant à Pasadena.

Gillespie reconnut en lui-même que la diplomatie était un mal nécessaire.

– Bon, d'accord. Mais il n'y a pas de restaurant

pour les Noirs dans le coin. Rattrapez-le, avant qu'il parte, et faites-lui monter par Pete un sandwich saucisson ou ce qu'il pourra trouver. Ce serait peut-être une bonne idée qu'il voie comment on va régler cette affaire... histoire de lui montrer qu'on sait s'y prendre par ici, avec les criminels.

Sam avait eu ce qu'il voulait. Il hocha la tête et sortit en vitesse, avant que Gillespie puisse changer d'avis. Dans le vestibule, il retrouva Tibbs qui disait au revoir à Pete.

– Virgil, annonça-t-il, le chef vient de se rappeler qu'il vous avait promis un petit déjeuner. Il voudrait que vous retourniez à son bureau.

Un instant, il se fit violence pour arriver à dire, en conscience :

– Et merci d'oublier cette histoire d'arrestation arbitraire. Vous auriez pu me faire un tas d'ennuis.

Virgil Tibbs fit un geste comme pour lui tendre la main, mais au grand soulagement de Sam, se contenta de passer son veston d'un bras sur l'autre.

– N'en parlons plus, Mr Wood. Je suis sûr que vous auriez fait pareil pour moi à Pasadena.

Sam se sentit honteux : si Tibbs lui avait vraiment tendu la main tout à l'heure, il savait qu'il aurait détourné les yeux. Surtout devant Pete ; mais Tibbs l'avait tiré d'embarras et il lui en était reconnaissant. Il se mit en route pour aller chez les Endicott.

Tibbs retourna au bureau de Gillespie.

– Mr Wood m'a dit que vous vouliez me voir ?

Gillespie lui désigna une chaise près du mur.

– Je vous ai envoyé chercher un petit déjeuner. Vous pouvez attendre ici qu'on vous l'apporte : mes gars ont pas mal à faire, pour le moment. A propos, on a coincé le meurtrier.

– Vous avez des aveux ? demanda Tibbs.

– Pas la peine, répliqua Gillespie. Je viens de consulter son dossier. Dix-neuf ans et déjà deux arrestations ; une fois pour vol simple, une autre fois pour exhibitionnisme avec une fille du nom de Delores Purdy. Il avait le portefeuille de Mantoli sur lui.

– C'est un bon départ, on dirait, approuva Virgil Tibbs.

– Et vous n'avez pas tout vu, déclara Gillespie, en appuyant sur son interphone. Envoyez-moi Oberst, ordonna-t-il.

Pendant qu'ils attendaient, Gillespie, le regard étincelant, demanda :

– Est-ce que vous savez, Virgil, ce qu'on appelle, ici, la « racaille de Blanc » ?

– J'ai déjà entendu l'expression, répondit Tibbs.

Des pas résonnèrent dans le couloir. Un policier petit et trapu introduisit dans le bureau un adolescent les menottes au poignet ; il n'était pas grand, mais était maigre pour sa taille. Son jean était si serré qu'il marquait les contours disgracieux de ses jambes. Ses paupières clignaient rapidement tandis que son regard faisait le tour de la pièce, s'abaissait sur ses poignets entravés, s'arrêtait sur Gillespie, pour revenir une fois de plus à ses mains. Il semblait vaciller, comme si le seul fait de se tenir debout lui demandait un trop grand effort.

Gillespie se redressa de toute sa taille et rugit :

– Assieds-toi !

Harvey Oberst se laissa tomber sur la chaise derrière lui. Ses maigres fesses heurtèrent le siège dur avec un bruit mat, mais il n'y fit pas attention. Il posa ses mains sur ses genoux et inclina la tête sur l'épaule, comme si c'était trop fatigant de la tenir droite.

Les secondes passèrent. Gillespie attendait de sentir le prisonnier totalement intimidé. Oberst cependant ne montrait aucune réaction.

Gillespie demanda au policier qui avait procédé à l'arrestation :

– Vous l'avez ?

L'homme glissa la main dans sa tunique et en sortit un portefeuille de cuir richement travaillé, et bien rebondi. Gillespie le prit, l'examina attentivement et regarda longuement les papiers d'identité qu'il contenait.

– Vous pouvez lui enlever les menottes, dit-il d'un ton dégagé.

Une fois libéré, Harvey Oberst se mit à se frictionner les poignets l'un après l'autre, mais toujours sans mot dire.

– Pourquoi est-ce que tu as fait ça ? questionna Gillespie.

Oberst respira un grand coup et releva la tête.

– Parce qu'il était là, par terre. Je suis juste tombé dessus. Et y avait plein de fric. J'ai regardé : le gars était mort, ça pouvait plus lui servir à rien. Le truc était là, par terre. Si je l'avais pas pris quelqu'un d'autre l'aurait fait. J'en avais rudement besoin, alors je l'ai pris.

Il s'arrêta.

– Voilà, c'est tout, ajouta-t-il comme pour s'excuser.

– Tu l'as pris, mais après avoir tué le type, précisa Gillespie.

D'un bond, le prisonnier fut sur ses pieds. Son visage était déformé, contracté comme sous l'effet d'une douleur aiguë et soudaine.

– Je lui ai pris son portefeuille, hurla-t-il. Comme

il était mort, je lui ai pris son portefeuille. J'en avais besoin, ouais... mais je l'ai pas tué !

Sa voix se brisa sur les derniers mots, qui sortirent dans un croassement, comme vidés de toute signification.

Oberst fit un nouvel effort. De l'index gauche, il se frappa la poitrine.

– Je l'ai pas tué. J'aurais pas eu besoin de le tuer, même si j'avais voulu lui piquer son fric. Il était tout petit, je l'avais déjà vu. Si j'avais voulu, je l'aurais eu en moins de deux. *J'ai ramassé son portefeuille, et c'est tout, je vous dis !*

Brusquement, il renonça et se laissa retomber sur sa chaise. Cette fois il laissa sa tête tomber en avant, jusqu'à ce que son menton touche presque sa poitrine.

Bill Gillespie fit un geste de la main.

– Bouclez-le, ordonna-t-il. Inculpation de meurtre.

Il se renversa dans son fauteuil, aussi loin qu'il pouvait se risquer, et leva les yeux au plafond. Il ne les abaissa que lorsque le prisonnier fut sorti de la pièce.

Quelques instants plus tard, on entendit une porte de cellule se refermer bruyamment. Gillespie se détendit visiblement et regarda Virgil Tibbs, toujours assis sur sa chaise inconfortable, à l'écart.

– Eh bien, les choses sont claires, fit-il observer.

– Certaines, oui, acquiesça Tibbs.

– Mais qu'est-ce qu'il vous faut de plus ? demanda Gillespie, d'une voix à peu près normale, pour une fois.

– On peut éliminer le mobile apparent, fit Tibbs. Ça veut dire qu'il faut aller un peu plus loin. Je m'y attendais, mais c'est bien intéressant d'en avoir la confirmation.

Gillespie pivota sur son fauteuil pour regarder Tibbs bien en face ; il avait un léger sourire amusé.

– Vous n'allez pas me dire que vous avez marché dans l'histoire de ce morveux. Je croyais que vous étiez à la hauteur moi, un super chasseur d'hommes, le Sherlock Holmes du Pacifique !... Si vous êtes flic, alors moi je suis le pape.

Arnold apparut sur le seuil.

D'une main, il tenait un sandwich dans du papier paraffiné et de l'autre, un gobelet de café. Sans mot dire, il les tendit à Tibbs, puis se tourna vers son chef.

– Alors, c'est bien notre homme ? demanda-t-il.

Gillespie eut un geste vers Tibbs, qui déballait son sandwich.

– Demandez-lui, suggéra-t-il.

Docile, Arnold se tourna vers Tibbs.

– Alors ?

– Il est innocent, j'en suis presque sûr, répondit Tibbs.

– Eh bien, dites-lui donc pourquoi, proposa Gillespie.

– Parce qu'il est gaucher, fit Tibbs.

Et il mordit dans son sandwich.

Arnold jeta un coup d'œil à Gillespie.

– Et après ? dit-il.

Tibbs avala ce qu'il avait dans la bouche.

– Ce matin, quand j'ai examiné le corps, expliqua-t-il patiemment, j'ai constaté que de toute évidence, le coup avait été porté à l'aide d'un instrument contondant ; ceci à un angle de dix-sept degrés environ en partant de la droite quand on regarde la tête de derrière. L'agresseur était donc probablement droitier. Si vous voulez bien prendre un instant votre règle, inspecteur Gillespie, je vais vous montrer ce que je veux dire.

A la grande stupéfaction d'Arnold, Gillespie s'exécuta.

– Imaginez que vous vouliez frapper quelque chose, à peu près à hauteur de vos épaules ou même un peu plus haut. Si vous serrez la règle assez fort, vous allez voir qu'il vous est à peu près impossible de la tenir droit devant vous : le poignet n'est pas fait pour ça. Si vous voulez la diriger vers la droite, il va falloir que vous retourniez votre main, paume en l'air ; et même pour frapper devant vous, vous devrez tourner le poignet de quatre-vingt-dix degrés.

Gillespie considéra la règle qu'il avait dans la main avant de la reposer sur son bureau.

– Et vous croyez qu'Oberst est gaucher, dit-il.

– J'en suis sûr, affirma Tibbs. Vous vous rappelez quand il s'est frappé la poitrine, pendant qu'il parlait. Eh bien, même s'il était ambidextre, il se serait servi de sa main la plus habile ; or, il s'est frappé la poitrine de l'index gauche. Dès que je l'ai vu j'ai eu le sentiment qu'il était innocent ; son geste n'a fait que confirmer cela.

Tibbs croqua une autre bouchée de son sandwich et la fit descendre avec une bonne gorgée de café fort.

– Je ne vous ai pas demandé si vous vouliez du sucre, fit Arnold.

– Ça va très bien, merci, répondit Tibbs.

– Alors comme ça, rien qu'à voir ce type, vous avez pensé qu'il était innocent. Et qu'est-ce que c'était, une intuition ? demanda Gillespie.

– Non, ses chaussures ; et le fait qu'il ne soit pas rasé.

Brusquement, Gillespie se réfugia dans le silence. Arnold s'attendait à ce qu'il demande en quoi être rasé ou avoir telles ou telles chaussures pouvait bien être important. Mais il comprit que Gillespie n'en ferait rien : il aurait trop l'impression de s'humilier et ça n'était vraiment pas son genre. Arnold se racla la gorge.

Quand Tibbs fut entre deux bouchées de sandwich, il lui demanda pourquoi.

– Considérez les circonstances de l'agression, riposta Virgil. Mantoli a reçu un coup sur la tête et par-derrière. Cela veut dire ou bien qu'il connaissait son agresseur ; dans ce cas il ne se méfiait pas de lui, et celui-ci a pu se glisser par-derrière pour le frapper ; ou bien plus probablement qu'un inconnu s'est approché sans bruit pour l'assommer et qu'il ne l'a pas entendu venir. Si Mantoli s'était rendu compte du danger, ne serait-ce qu'une seconde, il aurait tourné légèrement la tête, et le coup l'aurait atteint à un angle différent.

– Ça, d'accord, fit Arnold.

– Oberst a des chaussures en cuir, reprit Tibbs, et il a fait mettre des fers pour qu'elles durent plus longtemps. Avec ces chaussures, il fait du bruit, et il n'aurait jamais pu attaquer quelqu'un par surprise.

– On peut toujours changer de chaussures, interrompit Gillespie.

– Vous avez tout à fait raison, inspecteur, acquiesça Tibbs. Mais vous m'avez dit que cet homme est une « racaille de Blanc » : on peut supposer qu'il n'a pas des tonnes de chaussures et qu'il n'en change pas beaucoup. A en juger par sa barbe, je dirais qu'il ne s'est pas couché de la nuit. S'il était rentré chez lui pour changer de chaussures, il en aurait sans doute profité pour se raser. Il se rase régulièrement, ça se voit aux coupures qu'il a sous le menton.

– Je n'ai rien vu, moi, dit Gillespie d'un ton de défi.

– De là où je suis assis, je le voyais de plus bas, inspecteur, répondit Tibbs, et la lumière était bien meilleure de mon côté.

– Vous êtes bien sûr de vous hein, Virgil ? répliqua Gillespie. Soit dit en passant, c'est un prénom plutôt recherché, « Virgil », pour un Noir. Comment est-ce qu'on vous appelle là-bas, chez vous ?

– On m'appelle Mr Tibbs, répondit Virgil.

Sam Wood roulait lentement sur la route qui montait à la résidence des Endicott. Le soleil brillait maintenant de tous ses feux, mais la chaleur lui paraissait plus supportable, sûrement parce qu'en plein jour, il trouvait normal d'avoir chaud. Ce qu'il avait du mal à supporter, c'était la chaleur pendant la nuit : on espérait toujours se sentir mieux, une fois le soleil couché et l'obscurité venue. Et comme la chaleur ne tombait pas, on se sentait encore plus mal.

La route n'arrêtait pas de monter. Sam était maintenant à plus de cent mètres au-dessus du quartier principal de Wells, et il restait encore une certaine distance jusqu'au sommet de la colline, où habitaient les Endicott. Sam savait où se trouvait la résidence, comme presque tout le monde, à Wells, mais il ne connaissait pas les propriétaires, et n'était jamais allé chez eux. Tout en roulant, il essayait de formuler dans sa tête comment il allait annoncer la mauvaise nouvelle. Ça n'allait pas être facile. Il ne savait pas pourquoi, mais il s'imaginait que la fille de Mantoli, l'invitée des Endicott, n'avait plus sa mère. Elle allait maintenant se retrouver seule au monde – à moins, bien sûr, qu'elle n'ait un mari. Sûrement, d'ailleurs : les Italiennes, pensa-t-il, se marient de bonne heure, elles ont trop d'enfants et engraissent vite.

En haut de la colline, la route redevenait plate et se terminait par un petit parking. Sam estima qu'il pouvait contenir six à huit voitures. Il se rangea soigneusement, descendit et referma la portière sans bruit. A cette hauteur, le soleil semblait plus éclatant, mais l'air était un peu moins brûlant. L'endroit était magnifique ; malgré la gravité du moment, Sam se sentit ému par le vaste panorama des Great Smokies. Les longues rangées de sommets en dents de scie se dressaient les unes derrière les autres jusqu'à l'horizon. Sam s'approcha de la porte d'entrée, qui s'ouvrit avant même qu'il ait eu le temps de sonner.

Il fut reçu par une femme à l'air accueillant et tout à la fois réservé ; Sam se sentit aussitôt attiré par elle. Elle avait largement dépassé la cinquantaine, mais le temps n'avait pas eu beaucoup de prise sur elle. Sous la robe de toile simple et de bon goût, son corps avait les mêmes courbes séduisantes que sans doute trente ans plus tôt. Son visage n'était pas ridé et elle était remarquablement bien coiffée.

– Mrs Endicott ? demanda-t-il.

Et il se souvint tout d'un coup de son menton hérissé d'une barbe de dix-huit heures.

– Oui, c'est moi. Que puis-je faire pour vous ?

Sam se décida rapidement.

– Pourrais-je voir Mr Endicott, je vous prie ?

Grace Endicott s'écarta, ouvrant la porte toute grande.

– Entrez, dit-elle. Je vais le chercher.

Sam obéit, avec le sentiment de ne pas être du tout dans son élément. Il suivit son hôtesse dans une longue pièce lumineuse, dont la paroi de gauche était presque entièrement vitrée. Celle d'en face était couverte de longs rayonnages, qui allaient du sol au plafond et contenaient la plus importante collection de livres et de disques que Sam ait jamais vue.

– Asseyez-vous, je vous en prie, dit Mrs Endicott, puis elle ressortit d'un pas rapide.

Sam regarda autour de lui les vastes fauteuils accueillants et décida de rester debout. Il se répétait qu'il en aurait fini dans dix minutes, peut-être même moins, qu'il pourrait reprendre sa voiture et rentrer en ville.

Il se retourna en entendant son hôte entrer. Endicott trahissait son âge plus que sa femme, mais il le portait avec une dignité sereine. Il allait bien avec sa maison et sa maison était exactement à son image. Ils ne faisaient qu'un, comme certains capitaines ne font qu'un avec leur navire. Sam regretta tout d'un coup que sa situation ne lui permette pas de les avoir pour amis. Mais il se rappela ce pourquoi il était venu.

– Vous désirez me voir, je crois ? fit Endicott, aimablement.

– Oui, monsieur. Vous connaissez, je pense, un certain Mr Mantoli ?

Sam sentit que ce n'était pas un bon début, mais maintenant il était lancé, et il ne pouvait plus faire machine arrière.

– En effet, nous connaissons très bien le maestro Mantoli. Pourquoi, est-ce qu'il a des ennuis ?

Sam retira sa casquette, confus de ne pas y avoir pensé plus tôt.

– Oui et non, Mr Endicott, répondit-il en rougissant.

Il n'avait plus d'autre solution maintenant que d'exposer les faits.

– Je suis vraiment navré d'avoir à vous apprendre... qu'il a été tué.

Un instant, Endicott s'appuya d'une main au dossier d'un fauteuil, puis s'y laissa tomber, le regard perdu au loin.

– Mort, Enrico ? Je ne peux pas le croire.

Sam, immobile et mal à l'aise, attendait qu'Endicott se ressaisisse.

– C'est affreux, dit-il enfin. Mantoli était un ami intime et très cher. Sa fille séjourne en ce moment chez nous. Je...

Sam maudissait le jour où il avait quitté le garage où il travaillait pour entrer dans la police. Endicott se tourna vers lui.

– Comment est-ce arrivé ? demanda-t-il très calmement.

Cette fois, Sam essaya de mieux choisir ses mots.

– Malheureusement, monsieur, il ne s'agit pas d'un accident. Mr Mantoli a été agressé, en ville, très tôt ce matin. Nous ignorons encore par qui et comment. J'ai découvert son corps vers 4 heures du matin.

Il éprouva le besoin d'ajouter quelque chose.

– Je suis vraiment désolé d'avoir à vous annoncer une chose pareille, dit-il, dans l'espoir que ses paroles amortiraient un peu le choc.

– Vous voulez dire, demanda Endicott en pesant ses mots, qu'il a été assassiné ?

Sam hocha affirmativement la tête, soulagé de n'avoir pas eu à le dire.

Endicott se leva.

– Il faut que je prévienne ma femme, dit-il.

Sam eut l'impression qu'Endicott était brusquement épuisé, non pas d'une fatigue physique normale, mais de cette lassitude qui vous envahit jusqu'aux os et s'installe, comme une maladie.

– Asseyez-vous, je vous en prie, dit-il à Sam.

Puis il sortit lentement de la pièce et Sam ressentit comme un vide dans l'atmosphère.

Il plia les genoux de façon à se retrouver assis tout à fait au bord de l'un des fauteuils. Il était en fait mi-accroupi, mi-assis, mais c'était une position qui convenait à son humeur du moment. Il essayait de chasser de son esprit la scène qui devait se dérouler à ce moment dans une autre partie de la maison. Son regard ne pouvait se détacher au-delà de la baie vitrée, du paysage magnifique qui évoquait l'éternité.

Endicott revint.

– Est-ce que je peux faire quelque chose de particulier ? demanda-t-il.

Sam se mit debout.

– Oui, monsieur. Je... c'est-à-dire... sachant que la fille de Mr Mantoli réside actuellement ici, nous avons pensé qu'il fallait l'avertir. Plus tard, quand elle en aura la force, il aurait fallu si possible qu'elle vienne reconnaître le corps.

Endicott hésita.

– Miss Mantoli est ici mais elle se repose encore. Nous nous sommes tous couchés très tard, la nuit dernière, pour mettre au point les derniers préparatifs du festival de musique.

Il se passa la main sur le front.

– Quand miss Mantoli s'éveillera, ma femme se chargera de lui parler. En attendant, y a-t-il une objection à ce que ce soit moi qui reconnaisse le corps ? J'aimerais si possible lui épargner cette épreuve.

– Non bien sûr, vous pouvez le faire, répondit Sam.

Il voulait lui manifester sa sympathie, mais il n'arrivait pas à trouver les mots qu'il fallait.

– Si vous le désirez, vous pouvez redescendre avec moi maintenant. Un agent vous ramènera.

– Bien, dit Endicott. Permettez-moi de prévenir ma femme. Je vous rejoins tout de suite.

En redescendant avec Endicott à ses côtés, Sam ne quittait pas la route des yeux et essayait de bien calculer ses virages. Il continua de conduire très attentivement jusqu'à ce qu'ils soient arrivés devant les locaux de la police, où il déposa son passager. Puis il l'escorta jusqu'à l'entrée du commissariat. Il avait l'intention une fois là-haut, de le laisser et de rentrer chez lui, après en avoir demandé l'autorisation. Mais, quand Endicott, sur les pas d'Arnold, se dirigea vers la morgue, il changea d'avis et les accompagna pour essayer peut-être de soutenir un peu Endicott. Il se sentit remué quand Endicott, une fois le drap rabattu sur le corps, hocha faiblement la tête.

– C'est bien le maestro Enrico Mantoli, dit-il.

Cette formalité acquittée, il se détourna vivement et sortit. Dans le vestibule, il demanda :

– Pourrais-je voir votre chef ?

Au bureau, Fred dit quelques mots à l'interphone

puis leur fit signe d'y aller. Sam, connaissant son rôle, montra le chemin.

– Mr Endicott, voici l'inspecteur Gillespie, dit-il, quand ils furent dans le bureau.

Endicott lui tendit la main.

– Nous nous sommes déjà rencontrés, fit-il simplement. Je fais partie du conseil municipal.

Gillespie se leva et fit rapidement le tour de son bureau.

– Mais certainement, Mr Endicott. Merci infiniment d'avoir bien voulu venir.

Déjà il regagnait son fauteuil, mais il se retourna.

– Asseyez-vous, je vous en prie, invita-t-il.

George Endicott s'installa dans le fauteuil de chêne.

– Inspecteur, commença-t-il, je suis persuadé que vous et vos hommes allez faire tout votre possible pour retrouver et punir celui qui a commis ce crime. Si je peux vous être d'une aide quelconque, je tiens à ce que vous me le disiez. Le maestro Mantoli était un excellent ami ; c'est nous qui l'avons fait venir ici. Dans une certaine mesure, nous sommes donc responsables de sa mort ; je pense que vous comprenez ce que je ressens.

Gillespie tendit la main vers un bloc-notes et prit un stylo dans son tiroir.

– Peut-être est-ce que vous pourriez me donner dès maintenant quelques précisions, suggéra-t-il. Par exemple, quel âge avait le défunt, vous le savez ?

– Enrico avait quarante-sept ans.

– Marié ?

– Veuf.

– Des proches parents ?

– Sa fille unique, Duena. Elle est actuellement chez nous.

– Nationalité ?

– Il était citoyen américain.

Gillespie fronça légèrement les sourcils, mais s'efforça aussitôt de reprendre un air impassible.

– Où est-il né ? demanda-t-il.

Endicott marqua une hésitation.

– Quelque part en Italie. Je ne me rappelle pas exactement.

– A Gênes je crois, compléta Virgil Tibbs calmement.

Les deux hommes se tournèrent vers lui. Endicott fut le premier à parler.

– Vous étiez un ami du maestro Mantoli ? demanda-t-il.

– Non, je n'ai pas eu cet honneur. Mais, sur l'invitation de l'inspecteur Gillespie, j'ai examiné son corps ce matin.

Endicott eut l'air perplexe.

– Vous êtes... des Pompes funèbres ?

Tibbs secoua la tête. Avant qu'il puisse répondre, Gillespie intervint.

– Virgil est inspecteur des services de police de Beverly Hills, en Californie.

– Pasadena, corrigea Tibbs.

– D'accord, Pasadena. Qu'est-ce que ça peut faire ? dit Gillespie en laissant percer une pointe d'irritation.

George Endicott se leva.

– Je n'ai pas entendu votre nom, dit-il en tendant la main.

Tibbs se leva à son tour et lui serra la main.

– Je m'appelle Tibbs.

– Enchanté, Mr Tibbs. De quel genre d'enquête vous occupez-vous ?

– Un peu de tout, monsieur. Je me suis occupé de narcotiques pour la brigade des mœurs, j'ai travaillé aussi avec la police de la circulation et sur des affaires de vol avec effraction ; mais je me spécialise dans les affaires criminelles : homicide, viol et autres crimes graves.

Endicott se retourna vers Gillespie.

– Comment se fait-il que Mr Tibbs soit ici ? s'enquit-il.

En voyant l'expression de Gillespie, Sam Wood comprit que c'était à lui qu'il appartenait de répondre.

– C'est de ma faute, reconnut-il. J'ai trouvé Virgil à la gare, et je l'ai ramené ici comme suspect. Nous avons découvert ensuite qui il était.

– L'agent Wood devait agir vite, ajouta Tibbs. Il ne voulait pas risquer de laisser échapper un éventuel meurtrier.

A ce moment, et pour la première fois de sa vie, Sam Wood éprouva de la sympathie pour un Noir.

Endicott s'adressa de nouveau à Tibbs :

– Combien de temps est-ce que vous comptez rester à Wells ?

– Jusqu'au prochain train, répondit Tibbs.

– C'est-à-dire ?

– Si je ne me trompe, il part à 3 h 40, cet après-midi.

Endicott fit signe qu'il n'en demandait pas davantage. Gillespie gêné s'agitait dans son fauteuil. Sam se dit que le moment était venu pour lui de partir. Il se rendait compte que son chef était dans une situation embarrassante et que c'était lui qui l'y avait mis. Il se racla la gorge et dit à Gillespie :

– Si vous n'avez plus besoin de moi, chef, j'aimerais aller faire un brin de toilette et me reposer un peu.

Gillespie leva les yeux.

– Allez-y, fit-il.

En s'installant au volant de sa Plymouth, Sam Wood pensait à la tension qu'il y avait entre Bill Gillespie et Virgil Tibbs. Il n'avait aucun doute quant à celui qui l'emporterait, mais il sentait que si les choses venaient à mal tourner, il serait pris entre deux feux. Tout en continuant à remuer tout cela dans son esprit, il se rangea devant chez lui, entra, et sans perdre une minute, fila prendre une douche. Il se demanda vaguement s'il allait se préparer quelque chose à manger, et finalement se mit au lit ; il ramena simplement le drap sur lui et, malgré la chaleur accablante et le trouble de son esprit, sombra immédiatement dans le sommeil.

5

Dès qu'Endicott eut quitté son bureau et fut suffisamment loin, Bill Gillespie se retourna vers Virgil Tibbs.

– Qu'est-ce qui vous a pris, nom de Dieu, d'ouvrir votre grande gueule de Noir ? lui jeta-t-il. Si j'ai besoin de vous pour un renseignement, je vous le demanderai. J'étais en train d'interroger Endicott à ma façon et il a fallu que vous vous en mêliez.

Il serra son poing énorme et le frotta dans la paume de sa main gauche.

– Ecoutez-moi bien... Je veux que vous fichiez le camp immédiatement. Je ne sais pas quand passe le prochain train, et je m'en fous. Allez à la gare et prenez-le, où qu'il aille. Allez, hop, foutez le camp !

Virgil Tibbs se leva tranquillement. Il alla jusqu'à la porte, se retourna et regarda bien en face l'espèce de colosse qui dominait toute la pièce.

– Au revoir, inspecteur Gillespie, dit-il.

Au moment où il traversait le vestibule, le policier qui était au bureau l'arrêta.

– Virgil, c'est vous qui avez laissé une valise marron, ce matin, à la gare ? Avec les initiales V.R.T. ?

– Oui, fit Tibbs. C'est à moi. Où est-elle ?

– On l'a ici. Attendez cinq minutes, que je termine ce que je suis en train de faire, et je vais vous la chercher.

Tibbs attendit, un peu mal à l'aise : il n'avait pas envie que Gillespie sorte de son bureau et le retrouve là. Non pas qu'il ait peur de lui, mais parce qu'il ne tenait pas à avoir une nouvelle scène. Il resta debout, pour suggérer poliment qu'il espérait ne pas avoir à attendre trop longtemps.

Au bout de cinq longues minutes le policier revint avec la valise.

– Est-ce que quelqu'un pourrait me conduire à la gare ? demanda Tibbs.

– Allez demander au chef. S'il est d'accord, je n'y vois pas d'inconvénient.

– Non, ça ne fait rien, répliqua Tibbs.

Il ramassa sa valise et commença à descendre l'escalier vers la sortie.

Neuf minutes plus tard, le téléphone sonnait dans le bureau de Gillespie. C'était la ligne directe, dont peu de gens connaissaient le numéro. Il décrocha.

– Gillespie à l'appareil.

– Allô ! Bill ? C'est Frank Schubert.

– Oh oui, Frank, bonjour, dit Gillespie en s'efforçant de prendre un ton cordial et assuré.

Frank Schubert tenait une quincaillerie et était propriétaire de deux stations d'essence. Il était également maire de Wells et président du conseil municipal.

– Bill, George Endicott sort à l'instant de mon bureau.

– Oui et alors ? hurla presque Gillespie.

Immédiatement, il se dit qu'il ferait mieux de se contrôler un peu.

– C'était à propos de ce policier noir qu'un de vos gars a déniché. Il voulait que j'appelle Pasadena, pour demander si on pouvait le leur emprunter pendant quelques jours. La mort de Mantoli a terriblement bouleversé George, comme vous vous en doutez.

– Oui, je sais, coupa Gillespie.

Il avait l'impression qu'on le traitait comme un gamin.

– On a tout de suite eu l'inspecteur Morris, de Pasadena, au téléphone, reprit Schubert. Et il a dit qu'il était d'accord.

Gillespie prit une grande inspiration convulsive.

– Frank, je vous suis très reconnaissant d'avoir pris cette peine, mais je viens de me débarrasser de ce type-là et franchement, je ne tiens pas à le voir revenir. J'ai ici des gars qui connaissent leur métier et, j'ai moi-même une certaine expérience. Excusez-moi de vous dire ça, mais Endicott est un enquiquineur.

– Je sais, je sais, acquiesça Schubert. En plus, il vient du Nord, et là-bas ils n'ont pas les mêmes opinions que nous. Mais à mon avis, vous oubliez un point important.

– Lequel ? demanda Gillespie.

– Le fait que ça pourrait vous fournir une belle porte de sortie. Endicott veut qu'on utilise les services de son petit copain noir ? O.K., allez-y, servez-vous de lui. S'il trouve l'homme que vous cherchez ? Ici il n'a aucun pouvoir, en matière de police : il faudra donc qu'il remette toute l'affaire entre vos mains ; et s'il échoue, vous vous en sortez blanc comme neige et toute la ville marche avec vous puisque ce sera entièrement de sa faute à lui. D'un côté comme de l'autre, vous êtes gagnant.

Alors que si vous ne voulez pas de lui et si, pour une raison quelconque, vous n'arrivez pas à coincer votre meurtrier rapidement, Endicott réclamera votre tête, et il a plus de fric que n'importe qui, dans cette ville.

Gillespie se mordait la lèvre inférieure.

– Je viens de le flanquer à la porte, dit-il enfin.

– Eh bien, vous feriez bien de le récupérer, dit Schubert, avec prudence. Il va vous servir d'alibi. Traitez-le convenablement et donnez-lui assez de corde pour se pendre. Et si on vous dit quoi que ce soit, répondez que vous avez agi sur mon ordre.

Gillespie comprit alors qu'il était coincé.

– Entendu, dit-il à regret.

Il raccrocha et se leva d'un bond. Il était en train de penser qu'il ignorait tout de ce qu'il fallait faire pour retrouver un meurtrier. Virgil Tibbs, sans le savoir, représenterait l'alibi qui le dégagerait de toute responsabilité. Quand il se décida à monter en voiture, il en était à se dire que ce serait sans doute une bonne chose de donner à Tibbs assez de corde pour se pendre.

Il rattrapa son homme à deux pâtés de maisons de la gare. Tibbs s'était arrêté un instant pour changer sa valise de main. Gillespie amena sa voiture le long du trottoir.

– Montez, Virgil, dit-il. J'ai à vous parler.

Au moment où Tibbs se disposait à obéir, Gillespie eut tout d'un coup un haut-le-cœur à la pensée que Tibbs venait de marcher un certain temps en plein soleil avec une grosse valise à la main et que donc il devait transpirer ; et Gillespie avait horreur de cette odeur de transpiration qui était selon lui, celle des Noirs. Il tendit le bras derrière et descendit rapidement la vitre arrière. Puis il fit signe à Tibbs de monter devant.

– Mettez votre valise à l'arrière, ordonna-t-il.

Tibbs s'exécuta, et s'installa à côté de lui. Au grand soulagement de Gillespie, il ne sentait rien.

L'inspecteur démarra et rejoignit le flot des autres véhicules.

– Virgil, commença-t-il, j'ai été un peu brutal avec vous, ce matin.

Il décida de s'en tenir là et s'arrêta.

Virgil ne répondit rien.

– Votre ami Endicott, reprit Gillespie, a parlé de vous à notre maire qui a téléphoné à Pasadena. Ils m'ont ensuite consulté et nous avons pris la décision de vous confier, sous ma direction, l'enquête sur le meurtre de Mantoli.

Trois pâtés de maisons défilèrent dans le silence. Enfin, Tibbs dit d'un ton prudent :

– Je crois, inspecteur Gillespie, qu'il vaudrait peut-être mieux que je quitte la ville, comme vous l'aviez suggéré. Ça vous facilitera les choses.

Gillespie prit un virage un peu sec.

– Et qu'est-ce que vous feriez, si votre chef vous demandait de rester ? demanda-t-il.

– Si l'inspecteur Morris me le demandait, répondit aussitôt Tibbs, j'irais à Londres chercher Jack l'Eventreur.

– Eh bien l'inspecteur Morris vous fait dire de passer une semaine ici, avec nous. Naturellement vous ne ferez pas partie du service et par conséquent, il ne sera pas question que vous portiez l'uniforme.

– Je ne le porte plus depuis un certain temps, fit Tibbs.

– O.K. De quoi est-ce que vous pensez avoir besoin ?

– J'ai passé toute la nuit debout et je n'ai pas encore pu faire ma toilette, répondit Tibbs. S'il y a ici un hôtel qui veuille bien m'accepter, j'aimerais me raser, prendre une douche et me changer. Ensuite, si vous pouvez me fournir un moyen de transport, c'est à peu près tout ce qu'il me faudra. Pour le moment, du moins.

Gillespie réfléchit un instant.

– Les hôtels ne vous accepteront pas, Virgil, mais il y a à sept ou huit kilomètres de la ville, un motel réservé aux Noirs. Vous pourrez y descendre. Nous avons au garage une vieille voiture de police que je pourrai vous prêter.

– Non je vous en prie, pas de voiture de police, protesta Tibbs. Si vous connaissiez un vendeur de voitures d'occasion qui pourrait m'en prêter une en bon état, ce serait mieux. Je ne tiens pas à me faire remarquer.

Gillespie commençait à se rendre compte qu'il serait plus difficile que prévu d'embobiner Tibbs.

– Je crois savoir où trouver ça, dit-il.

Il tourna sur les chapeaux de roues et se dirigea vers un garage situé de l'autre côté de la voie ferrée. Un géant noir, en tenue de mécano, sortit à sa rencontre.

– Jess, expliqua Gillespie, je te présente Virgil, qui travaille pour moi. Je veux que tu lui prêtes une voiture, ou que tu lui en trouves une pour une semaine environ. Et qui marche bien, peut-être une que tu aurais remise en état.

– Tout ce que je répare, fit Jess, ça marche. Ce sera au nom de qui ?

– Au mien, dit Tibbs.

– Bon, venez, répondit Jess, en tournant les talons pour retourner au garage.

Tibbs descendit de voiture, reprit sa valise sur le siège arrière et s'adressa à son nouveau chef :

– Je viendrai vous voir dès que je serai présentable.

– Prenez votre temps, répondit Gillespie. Demain, si vous voulez.

Il démarra en trombe, dans un nuage de poussière. Tibbs ramassa sa valise et entra dans le garage.

– Qui êtes-vous ? demanda Jess.

– Je m'appelle Tibbs. Je suis policier en Californie.

Jess s'essuyait les mains sur un chiffon graisseux.

– J'économise pour aller dans l'Ouest, moi aussi. Je veux me tirer d'ici, dit-il d'un air entendu, mais n'allez pas le répéter. Vous pouvez prendre ma voiture. J'en ai une autre, si j'en ai besoin. Et qu'est-ce que vous venez faire ici ?

– Il y a eu un meurtre, ce matin. Ils ne savent pas par quel bout le prendre. Alors, ils me demandent de rester pour tirer les marrons du feu.

Une expression de profonde méfiance passa sur le visage noir et rond de Jess.

– Qu'est-ce que vous allez faire pour vous protéger ? demanda-t-il.

– Je vais trouver le meurtrier, répondit Tibbs.

A cause de la chaleur et du changement dans ses habitudes, Sam Wood dormit peu et mal. A 2 heures de l'après-midi, il était déjà debout et habillé. Il se fit un sandwich et se mit à lire son courrier. Il ouvrit la dernière des trois lettres d'une main fébrile. Elle contenait une note sur papier à en-tête et un chèque. En voyant le chèque, Sam oublia les soucis que lui causait cette affaire de meurtre. Il fourra le tout dans sa poche intérieure, consulta sa montre et sortit précipitamment de chez lui. Il était primordial qu'il soit à la banque avant 3 heures.

Une heure plus tard, il arrivait en voiture au commissariat pour demander s'il y avait du nouveau. C'était aussi le jour de la paie. A sa grande stupeur, il trouva Bill Gillespie dans le vestibule, en conversation avec Virgil Tibbs.

Sam prit son chèque au bureau, signa et, en se retournant, vit que Gillespie l'attendait.

– Wood, je sais que vous n'êtes pas de service, mais on a besoin de monde, ici. Est-ce que vous pourriez conduire Virgil chez les Endicott ? Il voudrait interroger la fille de Mantoli.

Plus qu'une question, c'était un ordre, formulé poliment. Sam ne comprenait pas cette soudaine tolérance à l'égard du policier californien, mais le bon sens lui indiquait que ce n'était ni le moment ni le lieu de poser des questions. D'ailleurs, il ne demandait pas mieux que d'accepter : il tenait à ne rien manquer.

– Certainement, chef, si vous voulez.

Gillespie poussa un soupir d'exaspération.

– Si je ne le voulais pas, Wood, je ne vous l'aurais pas demandé. Virgil a bien une voiture, mais vous, vous connaissez le chemin.

Pourquoi fallait-il, se demandait Sam, qu'à chaque fois qu'il essayait d'être courtois, Gillespie le prenne de travers ? Tout en faisant signe à Tibbs, il hésita un instant : est-ce qu'il allait prendre sa voiture personnelle, ou bien sa voiture de police habituelle, garée dans la cour ? La solution était simple puisque, pour le moment, il était agent en civil : il allait prendre la voiture officielle. Suivi de Tibbs, il se mit au volant, et Tibbs s'assit à côté de lui. Après une brève hésitation, Sam fit contre mauvaise fortune bon cœur et démarra.

Ils avaient passé le gros de la circulation qui se fluidifiait et ils traversaient maintenant les faubourgs, pour rejoindre la route qui menait au nid d'aigle des Endicott, quand Sam céda enfin à sa curiosité.

– On dirait que vous êtes au mieux avec le chef, maintenant, remarqua-t-il.

Et aussitôt, il se demanda s'il s'était montré trop cordial, ou trop indiscret, ou les deux à la fois.

– Je sais que vous avez dû être surpris, répondit Tibbs. Ma présence gênait l'inspecteur Gillespie, et j'ai eu le mauvais goût d'intervenir dans son interrogatoire.

– Oui, je sais.

Tibbs ne se vexa pas.

– Sans entrer dans les détails, l'inspecteur Gillespie m'a demandé de participer, pendant quelques jours, à l'enquête sur l'affaire Mantoli. Avec l'approbation et l'autorisation de mes supérieurs.

– Mais à quel titre alors ? demanda Sam avec curiosité.

– Aucun. On va simplement me permettre de montrer ce que je sais faire. Et ça va peut-être me coûter cher.

Ils quittèrent le macadam pour un chemin sablé.

– Vous pensez arriver à quelque chose ? demanda Sam.

– J'ai quelques références.

– Elles ne vont pas vous servir beaucoup ici, si elles sont en Californie.

– Elles sont en Californie, reconnut Tibbs. A San Quentin.

Sam décida de se taire.

Quand il fut pour la seconde fois de la journée devant chez les Endicott, ce fut encore Mrs Endicott qui ouvrit. Elle portait une robe noire toute simple. Elle ne souriait pas, mais son accueil était cependant aimable.

– Je suis contente de vous voir, dit-elle. Je regrette, je ne connais pas votre nom.

– Sam Wood, madame.

Elle lui serra rapidement la main.

– Et ce monsieur est certainement Mr Tibbs.

Elle lui serra également la main.

– Entrez, messieurs, je vous en prie.

Ils la suivirent dans le vaste et magnifique salon. En entrant, il vit non seulement Endicott, mais aussi un homme plus jeune et une jeune fille. Ils se tenaient par la main, et Sam eut l'impression que c'était l'homme et non sa compagne qui avait eu l'initiative de ce geste. Endicott et l'inconnu se levèrent pour les présentations.

– Duena, je vous présente Mr Tibbs et Mr Wood. Miss Mantoli. Et Mr Eric Kaufmann, associé et imprésario du maestro Mantoli.

Les hommes se serrèrent la main. Sam ressentit immédiatement de l'antipathie pour Kaufmann. C'était un garçon assez jeune, qui cherchait à paraître plus âgé, plus grand et plus important qu'il ne l'était en réalité.

La jeune fille, c'était autre chose. Sam, après un coup d'œil à la dérobée, reconsidéra complètement son opinion sur les femmes italiennes. Celle-ci n'était pas grasse et ne semblait pas devoir l'être un jour. Elle était brune, avec ce style de coiffure courte qu'il avait toujours aimé. Il dut se rappeler qu'elle venait ce matin seulement d'apprendre le brutal assassinat de son père. Il eut soudain le désir d'aller s'asseoir près d'elle, de lui passer doucement le bras autour des épaules et de lui dire que, d'une manière ou d'une autre, tout allait s'arranger.

Mais, pour elle, rien ne pouvait s'arranger – ou du moins, pas avant longtemps. Il pensait à tout cela quand Virgil Tibbs prit calmement la direction des opérations.

– Miss Mantoli, dit-il, notre seule excuse pour venir vous importuner à un tel moment, c'est que nous avons besoin de votre aide pour retrouver et punir le coupable. Vous sentez-vous assez bien pour répondre à quelques questions ?

La jeune fille le considéra un moment, de ses yeux rougis et pleins de larmes ; puis les abaissa et, sans rien dire, leur désigna deux sièges. Sam se sentit extrêmement soulagé et s'assit ; il ne désirait rien tant que de s'effacer et laisser agir Tibbs.

– Il serait peut-être plus facile que je commence par vous, reprit celui-ci, en se tournant vers Eric Kaufmann. Est-ce que vous étiez ici, hier soir ?

– Oui. Du moins, en début de soirée. J'ai dû partir à 10 heures, car je devais aller à Atlanta en voiture. C'est assez loin et je devais y être de bonne heure ce matin.

– Vous avez roulé toute la nuit ? demanda Tibbs.

– Oh ! non. Je suis arrivé là-bas vers 2 h 30 du matin. Je suis allé à mon hôtel, pour dormir au moins quelques heures. J'étais en train de me raser ce matin quand... quand j'ai reçu le coup de téléphone, acheva-t-il.

Tibbs se tourna vers la jeune fille, qui gardait la tête baissée, les mains étroitement jointes sur les genoux. Lorsqu'il s'adressa à elle, sa voix, bien que toujours calme et froide, changea légèrement ; on y percevait une profonde sympathie à son égard.

– Existait-il des candidats malheureux à la position qu'occupait votre père, et que son succès aurait pu... indisposer ?

La jeune fille leva les yeux.

– Aucun, répondit-elle.

Elle parlait bas, mais d'une voix nette et précise, sans timidité. Elle n'avait pas le moindre accent.

– Non, vraiment, aucun. C'était lui qui avait eu cette idée de festival, et il n'y a jamais eu personne d'autre...

Elle laissa sa voix s'éteindre, sans essayer de finir sa phrase.

– Votre père avait-il souvent sur lui de grosses sommes... disons, plus de deux cents dollars ?

– Parfois, pour les frais de voyage. J'ai bien essayé de lui faire prendre des chèques de voyage, mais il trouvait ça trop compliqué.

Elle regarda Tibbs et, à son tour, lui demanda :

– Est-ce pour cela, qu'on l'a tué... pour quelques dollars ?

Elle parlait d'un ton un peu amer, les lèvres tremblantes. Ses yeux, de nouveau, se remplirent de larmes.

– J'en doute fort, miss, répondit Tibbs. Il y a au moins trois autres mobiles possibles, que nous devrons examiner. Mais je ne crois pas que ce soit pour l'argent.

Grace Endicott l'interrompit.

– Mr Tibbs, je vous suis très reconnaissante de ce que vous faites pour nous, mais me permettez-vous de faire une suggestion ? Peut-être pourrions-nous, à nous tous, répondre à la plupart de vos questions et épargner cette épreuve à Duena. Elle a subi un choc terrible ; je suis sûre que vous le comprenez.

– Mais bien sûr, répondit Tibbs. Quand miss Mantoli sera un peu remise, je pourrai m'entretenir avec elle... si besoin est.

Grace Endicott tendit la main à la jeune fille.

– Venez vous étendre un peu, proposa-t-elle.

Duena se leva, mais secoua la tête.

– Je préfère sortir un moment, dit-elle. Je sais qu'il fait chaud, mais j'ai besoin d'aller dehors. Je vous en prie.

Grace Endicott comprit.

– Je vais vous chercher un chapeau, suggéra-t-elle, quelque chose qui vous protège du soleil. Vous en aurez besoin.

Les deux femmes sortirent de la pièce, et George Endicott dit :

– Je ne tiens pas à ce qu'elle sorte comme ça, seule. Nous sommes loin de tout ici, mais jusqu'à ce que cette affaire soit éclaircie, je ne veux pas courir de risques... pas le moindre. Eric, voudriez-vous...

Il s'interrompit. Mû par une impulsion qu'il n'avait encore jamais ressentie, Sam Wood se leva tranquillement.

– Permettez-moi de l'accompagner, proposa-t-il.

Il faisait deux fois la taille de Kaufmann et uniforme ou non, c'était un policier. La responsabilité lui revenait.

– Je suis parfaitement capable... commença Kaufmann.

– On aura sans doute besoin de vous ici, lui rappela George Endicott.

Sam en conclut que sa proposition était acceptée. Après un signe de tête à l'adresse d'Endicott, il se dirigea vers la porte. Il savait bien que dehors, au grand soleil, il n'y aurait aucun danger et il le regrettait presque. Il aurait préféré être en uniforme, avec son arme bien en évidence, pour donner confiance à la jeune fille. Alors que là, il n'était qu'un homme grand et fort, en tenue de ville.

Grace Endicott reparut, en compagnie de Duena Mantoli. La jeune fille portait une grande capeline de paille qui, malgré son chagrin, la rendait presque trop séduisante. Sam eut du mal à se ressaisir.

– Je vais escorter miss Mantoli, annonça-t-il d'un ton ferme.

– Merci, répondit Grace Endicott.

Sam tint la porte ouverte à la jeune fille.

Sans un mot, Duena Mantoli fit le tour de la maison et se dirigea vers un petit sentier qui partait en face de la grande allée et suivait en pente douce le versant de la colline, sur une centaine de mètres ; il aboutissait à un petit kiosque dont Sam ignorait l'existence jusque-là. Il était blotti dans un creux de la colline, protégé des deux côtés ; tout au fond, se trouvait un banc et l'on pouvait donc s'y installer tranquillement sans être vu, pour contempler le panorama des Great Smokies.

Duena s'assit en silence et ramena sa jupe pour montrer à Sam qu'il pouvait s'asseoir à côté d'elle. Sam s'assit donc, joignit les mains et laissa son regard errer sur les kilomètres de paysage qui s'étendaient devant lui. Il savait pourquoi la jeune fille était venue là : on avait l'impression de se trouver en équilibre à l'extrême bord de l'infini. On ne pouvait contempler la longue chaîne de montagnes sans avoir le sentiment qu'après l'horizon, elles se poursuivaient sans fin.

Tous deux restèrent ainsi un moment sans parler.

Puis, sans autre préambule, la jeune fille lui demanda :

– C'est bien vous qui avez découvert le corps de mon père ?

– Est-ce que vous voulez vraiment parler de ça ?

– Je veux savoir. C'est vous qui avez découvert son corps ?

– Oui.

– Où était-il ?

Sam hésita avant de répondre :

– Au milieu de la grand-route.

– Est-ce qu'il aurait pu être renversé par une voiture ?

– Non.

Sam s'interrompit : il se demandait jusqu'où il pouvait aller.

– On l'a frappé par-derrière avec un instrument contondant. Sa canne était près de lui, ça a peut-être été avec ça.

– Est-ce que ça a été...

La jeune fille marqua une hésitation, le temps de choisir soigneusement le mot qu'elle allait prononcer.

– ... instantané ?

Pour la première fois, elle tourna la tête pour regarder Sam.

Celui-ci fit un signe affirmatif.

– Oui. Et surtout, il ne s'est rendu compte de rien, j'en suis sûr. Il n'a pas souffert.

La jeune fille crispait sur le bord du banc ses doigts longs et fins ; elle se tourna de nouveau vers le panorama des montagnes.

– Ce n'était pas un homme très connu ni très important, dit-elle, un peu comme si elle s'adressait au paysage silencieux. Toute sa vie, il a espéré trouver sa chance, il a travaillé dans ce but. Cette chance, il l'avait ici ; il pouvait enfin se faire un nom dans le monde de la musique. C'est un milieu très difficile, et il est presque impossible de s'y faire une place, à moins d'avoir des relations. Celui qui a tué mon père a tué en même temps tous ses espoirs et tous ses rêves... juste au moment où ils allaient se réaliser.

Elle se tut et continua à regarder droit devant elle. Sam, qui l'observait attentivement, s'en voulut d'être capable, à un pareil moment, d'apprécier sa beauté. Il avait terriblement envie de la protéger, de la laisser pleurer sur son épaule solide, de prendre sa main pour la rassurer.

Faute de pouvoir le faire, il essaya de le dire.

– Miss, je vais vous dire quelque chose qui vous aidera peut-être un peu à supporter votre chagrin. C'est que nous autres, policiers, on va tous faire de notre mieux, on va se donner le mal qu'il faudra, mais on retrouvera le coupable et il sera puni. Ce n'est pas grand-chose, mais ça vous aidera peut-être un peu.

– C'est gentil, Mr Wood, répondit-elle, mais elle pensait en fait à autre chose. Est-ce que la présence de Mr Tibbs peut vous créer des ennuis ? demanda-t-elle à brûle-pourpoint.

Sam plissa le front.

– A dire vrai, je ne pourrais pas vous répondre. Je n'en sais rien.

– Parce que c'est un Noir.

– Oui, parce que c'est un Noir. Vous connaissez nos opinions là-dessus, dans cette région.

La jeune fille le regarda dans les yeux, sans ciller, et Sam ressentit une émotion indéfinissable.

– Oui, je sais, dit-elle. Il y a des gens qui n'aiment pas les Italiens : ils pensent que nous sommes différents, vous comprenez. Oh bien sûr, ils font une exception pour Toscanini ou Sophia Loren mais dans l'ensemble, on est soit des gangsters, soit des marchands de quatre-saisons.

D'un geste négligent, elle ramena ses cheveux en arrière et détourna son regard qui se perdit à nouveau au-dessus des montagnes.

– Il faudrait peut-être rentrer, dit Sam, très mal à l'aise.

La jeune fille se leva.

– Oui, je pense. Merci de m'avoir tenu compagnie, ajouta-t-elle. Ça m'a fait du bien.

Ils atteignaient la porte de la maison, quand elle s'ouvrit sur Eric Kaufmann. Il laissa passer Virgil Tibbs, qui le suivait, et se mit ensuite en devoir de lui serrer consciencieusement la main. Sam lui-même se rendit compte de ce que ce geste avait de conventionnel et de condescendant.

– Mr Tibbs, déclara Kaufmann assez fort pour que Sam et la jeune fille l'entendent, peu m'importe ce que ça coûtera et les moyens que vous utiliserez. Je ne suis pas riche, mais je suis prêt à tout pour qu'on retrouve le meurtr... enfin celui qui a fait ça et qu'il soit puni.

Sa voix se brisa.

– Le frapper à mort, un homme comme lui ! Sans même lui laisser une chance de se défendre... Vous ferez l'impossible, n'est-ce pas ?

Sam se demandait dans quelle mesure il était sincère et dans quelle mesure il cherchait à impressionner la jeune fille. Eric devait la connaître intimement, se dit-il, et peut-être... Il se refusa à aller jusqu'au bout de sa pensée. Il aurait voulu, un peu naïvement, que la jeune fille soit en quelque sorte née de la dernière pluie, pour pouvoir être le premier à la connaître et à la protéger.

Décidément, pensa-t-il, il perdait les pédales ; il était temps de se reprendre.

Virgil Tibbs prit congé et tous deux remontèrent en voiture. Sam reprit la route de la ville. Quand ils eurent roulé un moment, il demanda :

– Est-ce que vous avez pu avancer un peu ?

– Oui.

Sam attendait de plus amples explications, mais il comprit qu'il lui faudrait les demander.

– Et qu'est-ce que vous avez trouvé, Virgil ?

– Surtout des renseignements d'ordre général sur Mantoli et le festival. Les Endicott le soutiennent activement et ils espéraient qu'il serait aussi prestigieux que le Festival Bach à Bethlehem. Certains projets du même genre ont très bien réussi.

– La plupart des gens ici pensaient que toute cette histoire c'était de la blague, dit Sam.

– La publicité qui a été faite a suscité des réactions très encourageantes, dit Tibbs. Je ne m'y connais pas beaucoup en musique, mais apparemment Mantoli avait choisi des programmes qui plaisaient énormément aux amateurs de manifestations comme celle-ci. En tout cas ils étaient disposés à payer pour passer leur soirée assis sur des rondins ou sur des pliants, en attendant que l'affaire ait assez de succès et qu'on puisse aménager quelque chose de plus confortable.

– Mais pour le coupable, est-ce que vous avez trouvé quelque chose qui nous mettrait sur la piste ?

– C'est possible, fit Tibbs d'un ton vague. Mr Endicott demande qu'on transporte le plus tôt possible le corps de Mantoli aux Pompes funèbres.

Sam attendit encore, puis renonça à en savoir plus.

– Et maintenant, qu'est-ce qu'on fait ? demanda-t-il.

– On rentre au commissariat. Je veux voir cet Oberst, qu'on a bouclé.

– Je l'avais oublié, celui-là, avoua Sam. Qu'est-ce que vous voulez en faire ?

– Je veux lui parler. Après, tout dépendra de la marge que me laissera Gillespie.

Ils firent en silence le reste du chemin. Tout en négociant les virages, Sam se demandait si oui ou non, il avait envie que Tibbs réussisse dans son entreprise. Dans son esprit, il revoyait clairement Duena Mantoli ; puis, comme on passe la diapo suivante dans un projecteur, il vit Gillespie et, sans même avoir besoin de le regarder, le Noir assis à ses côtés. C'était là que le bât blessait. On pouvait admettre l'intervention d'un étranger, si c'était un type convenable, mais la présence de ce Noir était aussi incongrue qu'un rocher déchiqueté au milieu d'un chenal. Quand ils arrivèrent au commissariat Sam ne savait toujours pas. Il voulait que l'affaire soit élucidée, mais par quelqu'un qu'il puisse respecter. L'ennui, c'est qu'il n'arrivait à voir personne dans ce rôle.

6

Virgil Tibbs s'arrêta au bureau pour demander à voir Oberst. Il disparut aux toilettes réservées aux Noirs ; on aurait ainsi le temps de transmettre sa demande à Gillespie. Comme il était absent ce fut l'officier de permanence qui se chargea de décider. Après avoir soigneusement récapitulé les instructions qu'il avait reçues, il en prit son parti et appela Arnold pour qu'il emmène Tibbs à la cellule d'Harvey Oberst.

En entendant s'ouvrir la porte métallique, Oberst fit mine de se lever.

– Vous n'avez pas besoin de le mettre ici, protesta-t-il. Fichez-le ailleurs. Je ne veux pas de nè...

La porte se referma bruyamment.

– Il veut te parler, fit Arnold d'un ton aigre, avant de s'éloigner.

Oberst se laissa retomber à l'une des extrémités du lit de planches, tandis que Tibbs s'asseyait calmement à l'autre bout. Il avait enlevé sa veste et sa cravate et retroussé les manches de sa chemise. Il croisa sur ses genoux ses minces doigts noirs et attendit en silence, sans faire attention à Oberst. Les minutes s'écoulèrent ; ni l'un ni l'autre ne paraissait vouloir prendre l'initiative. Oberst enfin s'agita. Il remua d'abord les mains, puis les pieds. Comme sa nervosité augmentait, il se décida enfin à parler.

– Qu'est-ce que tu fais là, avec des habits de Blanc ? demanda-t-il.

Tibbs parut remarquer pour la première fois la présence d'Oberst.

– Je les ai achetés à un Blanc, répondit-il.

Cette fois, Harvey Oberst lui accorda toute son attention ; il se mit à l'examiner de la tête aux pieds avec une curiosité évidente.

– T'as été à l'école ? demanda-t-il.

Tibbs fit lentement oui de la tête.

– A l'université.

Oberst se rebiffa.

– Tu veux faire le malin, ou quoi ?

Virgil Tibbs gardait le regard sur ses doigts entrelacés.

– J'ai mon diplôme.

Pendant un moment, le silence retomba.

– Où c'est qu'on t'a laissé aller à l'université ?

– En Californie.

Oberst changea de position et mit les pieds sur la dure surface du bat-flanc.

– Là-bas, ils font n'importe quoi.

Tibbs fit mine de ne pas entendre.

– Qui est Delores Purdy ? demanda-t-il à son tour.

Oberst se pencha en avant.

– Ça te regarde pas, fit-il d'un ton tranchant. C'est une Blanche.

Tibbs décroisa les mains, effectua un quart de tour et plaça ses pieds sur le bat-flanc, exactement comme Oberst.

– Ou vous répondez à ma question, dit-il, ou vous courez le risque d'être pendu pour meurtre.

– Me raconte pas de salades, espèce de moricaud, gronda Harvey. T'es rien du tout et tu seras jamais rien. C'est pas le collège ou l'université qui te rendront blanc, et tu le sais.

– Je ne tiens pas particulièrement à être blanc, répliqua Tibbs. Mais qu'on soit blanc ou noir, ça ne change pas grand-chose quand on se balance au bout d'une corde. Et quand on pourrit depuis des mois dans la terre – disons, au bout d'un an – personne ne sait plus de quelle couleur était votre peau, et tout le monde s'en fiche. De la peau, on n'en a plus. C'est ça que vous voulez ?

Oberst remonta les genoux contre sa poitrine et les entoura de ses bras, comme pour se protéger.

– Pour qui tu te prends, nom de Dieu ? protesta-t-il.

Mais sa voix contenait une nuance de crainte qu'il ne parvenait pas à transformer en arrogance.

– Je suis flic. Je cherche l'homme qui a tué celui dont vous avez pris le portefeuille. Que vous le croyiez ou non, c'est la vérité. Il se trouve aussi que je suis le seul ici, à penser que vous n'avez peut-être pas commis ce meurtre. Donc vous feriez bien de marcher avec moi parce que je suis votre meilleure chance.

– T'es pas flic, fit Oberst, après un silence.

Tibbs tira de sa poche de chemise une petite carte blanche dans un étui en plastique.

– Je travaille à Pasadena. Je suis inspecteur. Détective, si vous préférez. On m'a « prêté » à la police d'ici pour découvrir qui a tué Mantoli – l'homme que vous avez trouvé. Ne cherchez pas pourquoi ni comment. Ou bien vous misez sur moi, ou bien vous passez en jugement pour meurtre.

Oberst se taisait.

Tibbs attendit un long moment avant de répéter sa question.

– Qui est Delores Purdy ?

Oberst se décida.

– Une fille qui habite à côté de chez moi. Elle fait partie d'une bande de gosses.

– Quel âge a-t-elle ?

– Seize ans, bientôt dix-sept.

– Vous savez comment on appelle ces filles-là, en Californie ? Les étudiantes de San Quentin.

Oberst réagit aussitôt.

– J'ai eu des ennuis à cause d'elle, mais pas ce genre-là.

– Qu'est-ce qui s'est passé ?

Oberst ne répondit pas.

– Je peux très bien aller voir dans votre dossier, lui rappela Tibbs. Mais j'aimerais mieux que vous me le disiez.

Oberst s'avoua vaincu.

– Cette Delores, elle est jeune, mais c'est déjà un vrai canon si vous voyez ce que je veux dire. Elle est plutôt bien roulée.

– Il y en a des quantités comme elle, commenta Tibbs.

– Ouais mais la Delores, elle est pas peu fière de ce que la nature a fait pour elle. Elle aime bien parader. Je l'ai emmenée un jour à l'étang de Clarke. On n'avait pas de mauvaises intentions. J'ai pas envie de me faire coffrer.

Tibbs approuva d'un signe.

– Bref, la voilà qui me demande si je la trouve

bien fichue et quand je lui réponds que oui, elle décide de me montrer tout ça.

– C'est elle qui en a eu l'idée ?

– Comme vous dites, c'était son idée à elle. Je l'ai pas bousculée, ni rien ; j'ai pas essayé de l'empêcher, c'est tout.

– On ne vous aurait pas jeté la pierre pour si peu, mais c'était plutôt risqué.

– Possible. Enfin bref, la voilà à moitié déshabillée, et juste à ce moment-là, un flic sort des buissons. Il m'a embarqué.

– Et elle ?

– On l'a renvoyée chez elle.

– Après, qu'est-ce qui s'est passé ?

– Au bout d'un moment, ils m'ont laissé partir, en me disant de ne plus fricoter avec cette fille-là.

– Vous l'avez revue, depuis ?

– Evidemment ; elle habite dans la 3e Rue, au coin de Polk Avenue. Moi, j'habite à cent mètres de là. Je la rencontre tout le temps. Elle voudrait ressortir avec moi.

– Et c'est tout ce qu'il y a eu ?

– Ouais, rien d'autre, je le jure.

Tibbs se leva, prit à deux mains les barreaux de la cellule et tira de tout son poids en arrière, pour se détendre les muscles. Puis il revint s'asseoir.

– Est-ce que vous vous rasez tous les jours ? demanda-t-il.

Surpris, Oberst se tâta le menton.

– Oui, d'habitude. Mais pas ce matin : je me suis pas couché de la nuit.

– Comment ça ?

– Je suis monté à Canville, voir un type que je connais. Nous... on avait rencard avec des filles, tous les deux.

– Vous êtes donc revenu ici assez tard ?

– 2 heures, quelque chose comme ça, peut-être plus tard. C'est là que j'ai trouvé le type, sur la route.

– Et qu'est-ce que vous avez fait, exactement ? Ne me racontez pas ce que vous croyez que je veux entendre ; racontez-moi ce qui s'est vraiment passé.

– Bon alors, il y avait ce type, là, qu'était allongé à plat ventre sur la route. Je me suis arrêté, pour voir si je pouvais faire quelque chose. Mais il était mort.

– Comment est-ce que vous le saviez ?

– Eh ben je le savais, c'est tout.

– Continuez.

– Eh ben, j'ai vu son portefeuille, qu'était par terre à un mètre, un mètre cinquante de lui.

Virgil Tibbs se pencha en avant.

– Voilà un détail important, insista-t-il. Que vous ayez trouvé le portefeuille ou que vous l'ayez pris dans sa poche, ce n'est pas ça le problème. Mais puisque vous l'avez trouvé, est-ce que vous êtes absolument certain qu'il était sur la route, à côté de lui ?

– Ça oui, je le jure, répondit Oberst.

– Bon, concéda Tibbs. Et qu'est-ce qui s'est passé ensuite ?

– Je l'ai ramassé et j'ai jeté un coup d'œil dedans, en vitesse. J'ai vu tout un tas d'argent. Je me suis dit que ça pouvait plus lui servir et que si je le laissais là, quelqu'un passerait après moi et le prendrait.

– Sans doute, acquiesça Tibbs. Mais comment se fait-il qu'on vous ait ramassé avec ?

– Eh ben, j'ai commencé à me faire du mouron parce que le type avait été tué. Si jamais on me trouvait avec le portefeuille, je serais drôlement dans le pétrin. Alors, j'ai été voir Mr Jennings. C'est le type qui dirige la banque, et je le connais parce que je travaille pour lui, les week-ends. Je lui ai raconté mon histoire. Il m'a dit qu'il fallait le signaler et il a appelé les flics. Ce qui fait que je me suis quand même fait piquer. Et maintenant, je me demande ce que je vais écoper.

Tibbs se leva.

– Laissez-moi faire, dit-il. Si votre histoire tient debout, tout ira bien.

Il appela et attendit qu'Arnold vînt lui ouvrir.

Un instant plus tard, Tibbs était au service météo et étudiait la courbe des précipitations pour le mois écoulé.

Bill Gillespie, quand il leva les yeux de son bureau, vit son nouvel assistant de Pasadena sur le seuil. Il n'avait pas envie de voir Virgil Tibbs ; il n'avait envie de voir personne. Tout ce qu'il voulait c'était rentrer chez lui, faire sa toilette, manger un morceau et se mettre au lit. La journée était bien avancée, et il était au travail depuis l'aube.

– Eh bien, qu'est-ce qu'il y a ? demanda-t-il.

Tibbs s'avança d'un pas ou deux, mais ne s'assit pas.

– Puisque vous m'avez chargé de l'enquête sur le meurtre de Mantoli, inspecteur Gillespie, je voudrais vous demander de relâcher Harvey Oberst.

– Pourquoi ?

Gillespie avait lancé cela comme un défi.

– Il n'est pas coupable du meurtre, j'en suis certain, et pour d'autres raisons encore que celles dont je vous ai parlé ce matin. Techniquement parlant, vous seriez en droit de le garder pour vol qualifié, parce qu'il a pris le portefeuille ; mais je suis allé voir Mr Jennings à la banque, et il a confirmé ce qu'avait dit Oberst : celui-ci lui avait apporté le portefeuille ou, du moins, lui avait demandé conseil à ce propos. Avec un citoyen de cette importance comme témoin, vous n'obtiendriez jamais la condamnation d'Oberst.

Gillespie agita la main, en un geste qui déclinait toute responsabilité.

– Ça va bien, qu'il s'en aille. C'est vous que ça regarde. Moi, il me faisait l'effet d'un suspect valable.

– Ce n'est pas un suspect qu'il me faut, riposta Tibbs. C'est un meurtrier. Oberst n'est pas notre homme, j'en suis sûr. Merci, monsieur.

Tandis que Tibbs sortait, Gillespie remarqua avec une certaine satisfaction qu'il avait au moins eu assez de jugeote pour dire « monsieur ». Il se leva, considéra d'un air maussade les papiers étalés sur son bureau. Puis il haussa les épaules et sortit à son tour ; après tout c'était Virgil le responsable : quoi qu'il arrive, Gillespie, lui, était paré.

Un peu avant minuit, Sam Wood monta en voiture, vérifia la jauge à essence pour s'assurer qu'on lui avait bien fait le plein et quitta le poste. Il avait huit heures à passer en tête à tête avec la ville, qui n'allait pas tarder à s'endormir. Mais ce soir, tout était changé. Quelque part, sans doute encore dans ses murs, rôdait un tueur. Un tueur pour qui une vie humaine avait moins d'importance que ce qu'il convoitait.

Ce soir plus que jamais, décida Sam, en prenant son itinéraire habituel, il serait sur le qui-vive. Laissant un moment libre cours à son imagination, il se vit en train de piéger et d'arrêter un meurtrier, si manifestement coupable que dès qu'il l'amènerait au poste, personne ne pourrait en douter une seconde.

Mais les choses ne se passaient jamais comme ça, pensait Sam. Le tueur avait tous les atouts de son côté. Il pouvait se cacher où il voulait, ni vu ni connu, et frapper où et quand il voulait. Peut-être qu'il allait décider que lui, Sam, était un témoin gênant ; et dans ce cas, il allait commencer à le guetter, cette nuit même. Sam porta lentement la main à son revolver et, pour la première fois depuis qu'il portait l'uniforme, le dégagea de son étui. Ces huit heures allaient être longues.

Tandis qu'il roulait vers l'ouest, en se faufilant par les rues déjà silencieuses et désertes, il lui vint brusquement une idée. C'était peut-être dangereux de la mettre à exécution, et en le faisant il dépasserait franchement ses attributions. On pourrait même parler de faute professionnelle. Mais en dépit de toutes ces objections, il sut presque aussitôt qu'il allait le faire. Il tourna dans la rue suivante et prit la direction de chez les Endicott sur la petite route qui montait chez eux.

Les pneus mordaient le gravier et Sam se sentait calme et décidé comme il ne l'avait jamais été. Mantoli était mort ; personne ne savait pourquoi. Quelle qu'en soit la raison, cela pouvait très bien concerner aussi sa fille. En repensant à elle, assise à côté de lui, le regard perdu dans les montagnes, Sam souhaita presque que l'assassin vienne rôder cette nuit-là – à condition que lui, Sam, puisse le devancer.

A mesure que la route grimpait, l'air devenait plus frais, plus pur. Sam alluma ses phares. Il conduisait avec habileté dans les virages du chemin quand un faisceau de lumière sur la barrière de sécurité l'avertit qu'une voiture arrivait en face.

A un endroit où la route s'élargissait légèrement, Sam se rangea sur le bas-côté, se mit en feux de position et attendit. Il attrapa sa torche. L'autre voiture se rapprochait ; ses phares jetaient dans le ciel une lumière de plus en plus vive. Au moment où elle apparut enfin, Sam, sur une impulsion, alluma son phare auxiliaire rouge. En face, le conducteur pila et alla se ranger de l'autre côté de la route. Sam l'aveugla du faisceau de sa torche et, comme l'autre levait un bras pour se protéger les yeux, il reconnut Eric Kaufmann.

– Que faites-vous sur la route à une heure pareille ? demanda Sam.

– Je vais à Atlanta. Pourquoi ?

Sam perçut dans la voix une certaine hostilité, qui lui déplut.

– C'est dans vos habitudes d'aller à Atlanta à cette heure de la nuit ?

Kaufmann se pencha à demi par la portière.

– Est-ce que ça vous regarde ?

En quelques pas Sam fut près de Kaufmann, la main sur son arme.

– Pour le cas où vous l'auriez oublié, dit-il d'une voix incisive en détachant bien chaque syllabe, il y a moins de vingt-quatre heures, un crime a été commis dans cette ville. Jusqu'à ce qu'on ait pris le meurtrier, toutes les activités des gens ici nous regardent, surtout quand ils prennent la route à plus de minuit, pour un long trajet. Maintenant, expliquez-vous.

Kaufmann se massa longuement le visage du bout des doigts.

– Excusez-moi, dit-il. Je ne suis pas dans mon

état normal, et vous savez pourquoi. Il y a quelques minutes, j'étais encore chez les Endicott à parler du festival. On nous a avancé de grosses sommes d'argent ici pour mener à bien ce projet et nous avons décidé de continuer, malgré la mort d'Enrico. Si on remet à l'année prochaine, tout sera mort et ent... Pardon... le terme est mal choisi.

Kaufmann fit un effort pour reprendre son sang-froid.

– Bref, je dois aller à Atlanta pour voir si je peux trouver un chef d'orchestre connu qui prenne la relève. Il faut aussi que je m'occupe de l'orchestre : tout était arrangé, mais la nouvelle a peut-être tout chamboulé.

Sam se détendit un peu.

– Tout ça c'est bien beau, mais pourquoi est-ce que vous partez à une heure pareille ? D'après ce que vous nous avez raconté ce matin, vous avez très peu dormi la nuit dernière. Vous ne devez pas être très en forme pour conduire.

– Ça non, acquiesça Kaufmann. A dire vrai, si je pars c'est pour ne pas déranger là-haut. Duena occupe l'unique chambre d'amis et pour l'instant, elle a bien besoin de rcpos et de calme. La seule chose à faire, pour moi, c'était de sortir un peu de la ville et de trouver un motel. Comme ça, je pourrai repartir de bonne heure demain matin et être à Atlanta vers midi. Vous y voyez un inconvénient ?

Sam se rendait bien compte que l'explication était plausible ; l'antipathie qu'il éprouvait à l'égard de cet homme ne devait pas influer sur son jugement. Et il repensa aussi que cette route de montagne un peu à l'écart ne faisait pas partie de sa zone de patrouille : en fait, il était justement en train de négliger cette zone. Et si le tueur était en train de rôder en bas, quelque part...

– Comment ça va, là-haut ? demanda-t-il.

– Bien. Atmosphère tendue, naturellement, mais rien d'alarmant. Vous montez ? A cette heure, vous risquez de les déranger, peut-être même de leur faire peur. A votre place, je n'irais pas.

Sam fit signe à Kaufmann de repartir.

– Mais attention, fit-il d'un ton grave. Arrêtez-vous le plus tôt possible et dormez quelques heures. Autrement, vous pourriez bien vous retrouver à la morgue, avec votre patron.

Kaufmann fit la grimace, mais ne répondit pas directement.

– Bon, entendu. Vous pouvez me suivre, si vous voulez. Mais laissez-les, là-haut : ils en ont eu assez pour aujourd'hui.

Il démarra et Sam le regarda s'éloigner en silence. Puis il remonta en voiture, fit demi-tour prudemment et commença à redescendre en frein moteur.

En même temps, il réfléchissait et se dit que Kaufmann et Duena étaient probablement bons amis. Du moins Kaufmann pouvait voir très souvent la jeune fille et, comme ces gens voyageaient tout le temps, il avait sans doute avec elle une relation privilégiée. A cette idée, Sam fut pris de rage. Il n'avait rencontré la jeune fille qu'une seule fois, le jour où l'on avait assassiné son père, mais il se sentait le droit de veiller sur elle et sur sa sécurité.

La voiture retrouva le macadam lisse de la ville. En même temps, Sam se remit à penser au meurtrier, en liberté dans la ville. En tout cas il y avait de fortes chances pour qu'il y soit toujours. Les rues étaient maintenant plongées dans le silence et l'obscurité, sauf aux endroits où les réverbères très espacés projetaient leur rond de lumière. Sam se souvint qu'il représentait maintenant une cible de premier choix. La fournaise de la nuit lui parut soudain traversée d'un courant glacé, comme le signe d'un danger tapi dans l'ombre.

Quelque temps avant, Sam avait lu un livre qui tournait autour d'une situation à peu près semblable. L'auteur avait eu un mot, pour traduire cette atmosphère, un mot bizarre, inhabituel, que Sam avait consciencieusement cherché dans le dictionnaire. Il ne s'en souvenait plus mais ça commençait par un *m*, il en était à peu près sûr. Quoi qu'il en soit, c'était ça qui était dans l'air en ce moment.

Sam n'était pas un lâche. Décidé à faire son devoir, il fit sa ronde du début à la fin. Quand il eut fini, il prit la précaution, pour faire son rapport, de ne pas stationner au même endroit que d'habitude. Il ne voulait pas tenter le diable et s'arrêter en face de la pharmacie Simon, comme il le faisait toujours : n'importe qui au courant de ses habitudes nocturnes savait qu'on pouvait l'attendre là. En reposant son bloc après avoir rempli sa feuille de route il eut l'impression que, d'un moment à l'autre, quelque chose de dur allait s'appuyer sur sa nuque. Il redémarra brusquement et, roulant à une vitesse inhabituelle, se dirigea vers le restaurant, vers le refuge de lumière.

Il consomma une bière et prit une tarte au citron, puis retourna à sa voiture, à la ville qu'il devait protéger. Ce fut seulement quand le ciel commença à pâlir qu'il se sentit délivré de cette impression qu'on le guettait silencieusement et qu'il était, à un moment, passé tout près du danger. A 8 heures du matin, il garait sa voiture au parking des services de police. Cette nuit, au moins, il n'avait pas volé sa paye.

7

Bill Gillespie attendait avec impatience qu'on lui passe sa communication longue distance. En temps normal, il aurait chargé quelqu'un d'autre d'effectuer cette vérification d'usage, mais en l'occurrence il avait ses raisons pour ne pas le faire. Virgil Tibbs était son alibi maintenant, quoi qu'il arrive, mais il ne voulait pas s'installer dans cette situation. Ce qu'il voulait, c'était coincer lui-même le meurtrier. Il eut enfin en ligne l'employé de l'hôtel, à Atlanta.

– Avez-vous sur vos registres un certain Eric Kaufmann ? demanda Gillespie.

– Oui, monsieur, en effet.

– Vous voyez qui je suis. Bon, alors dites-moi ce que vous savez des agissements de Kaufmann, la nuit d'avant-hier à hier. Quand est-ce qu'il a retenu sa chambre, à quelle heure il est arrivé, tout ça. Donnez-moi le plus de détails possible. Attendez un peu.

Gillespie attrapa un bloc-notes. Il allait écrire « Kaufmann » en haut de la première feuille, mais se ravisa. Quelqu'un pourrait tomber dessus. C'était son idée de vérifier l'alibi de Kaufmann, et il n'avait pas envie de donner le tuyau.

– Mr Kaufmann a pris une chambre chez nous il y a quatre jours. Chambre à prix modéré, avec salle de bains. La nuit d'avant-hier à hier, il est arrivé après minuit ; plutôt vers 2 heures en fait, je crois. Le portier de nuit ne peut pas dire exactement l'heure parce qu'il somnolait quand Mr Kaufmann est arrivé, et qu'il n'a pas regardé la pendule. Il pense qu'il devait être à peu près 2 heures quand il a accompagné Mr Kaufmann à sa chambre. Il se rappelle en tout cas, que Mr Kaufmann a dit qu'il avait déjà dîné et même qu'il avait peut-être eu tort de manger de la tarte aux cerises à une heure pareille.

Gillespie l'interrompit.

– Comment se fait-il que vous ayez tous ces renseignements tout prêts ? Vous vous attendiez à ce que j'appelle ?

– Non, monsieur. A vrai dire, j'ai interrogé le portier de nuit à la demande d'un de vos hommes, qui m'a téléphoné hier... Un Mr Tibbs, si ma mémoire est exacte.

Gillespie grommela.

– Ah tiens... Bon ça ira, merci. Ne parlez de tout ça à personne, naturellement.

– Certainement, monsieur. Mr Tibbs nous l'a déjà demandé. Je suis sûr que vous allez retrouver votre homme.

– Merci, fit Gillespie, et il raccrocha.

Il se renversa dans son fauteuil et se dit qu'il n'avait aucune raison d'être irrité. Il avait demandé à Virgil de se charger de l'enquête, et Virgil ne faisait qu'exécuter ses instructions. C'était d'ailleurs ce qu'il avait de mieux à faire. En tout cas l'alibi de Kaufmann était confirmé. A ce moment, Arnold passa la tête par l'entrebâillement de la porte.

– Chef, il y a Ralph, le serveur de nuit du restau, qui vient de téléphoner ; il prend son petit déjeuner là-bas avant de rentrer chez lui et il dit qu'il a un client de passage, un type qui a bien l'air de savoir quelque chose sur le meurtre.

– Sa voiture, c'est quoi ? demanda Gillespie d'un ton bref.

– Une Pontiac rose, de cette année. Immatriculée en Californie.

– Allez me le chercher, ordonna Gillespie. Demandez-lui poliment de passer me voir un moment. Et amenez-moi Ralph le plus vite possible.

Gillespie se carra dans son fauteuil et réfléchit un moment. On ne pouvait pas trop se fier à Ralph, mais il se pouvait qu'il soit tombé sur quelque chose d'important. Il était assez limité, mais il lui arrivait d'avoir des lueurs d'intelligence, l'instinct d'un animal face à l'ennemi. A ses yeux, tout ce qui dérangeait la routine habituelle devait représenter l'ennemi. Même si Ralph s'était monté la tête il n'y avait rien d'extraordinaire à demander son concours à un touriste de passage. La tension autour de cette affaire rendait Gillespie nerveux. Il s'était interrogé là-dessus et avait décidé de se maîtriser un peu, du moins jusqu'à ce que l'enquête soit terminée. Il était en poste depuis peu et la moindre gaffe pouvait lui coûter toute sa carrière. Il savait qu'il était capable de gaffer, s'il ne se surveillait pas.

Virgil Tibbs apparut sur le seuil ; Bill n'avait surtout pas envie de le voir maintenant – il n'avait d'ailleurs jamais envie de le voir –, mais il savait se plier aux nécessités quand il le fallait.

– Bonjour, Virgil, dit-il nonchalamment. Alors, ça avance cette affaire ?

Tibbs hocha la tête.
– Je crois, oui.
Gillespie se hérissa aussitôt.
– Racontez-moi ça, ordonna-t-il.
– Avec plaisir, inspecteur Gillespie, dès que je le pourrai. Ce que j'ai pour l'instant n'est pas encore assez solide pour que je vous le soumette. Dès que ce sera le cas, je vous ferai un rapport complet.
Il gagne du temps, pensa Gillespie. *Il ne veut pas le reconnaître.* Il en resta là. Arnold réapparut dans l'embrasure de la porte.
– Mr Gottschalk est là, si vous voulez le voir, monsieur.
– Gottschalk.
– Le propriétaire de la Pontiac rose.
– Ah ! oui. Faites entrer.
Gottschalk était sur le seuil avant que Virgil Tibbs ait pu sortir. C'était un homme d'âge mûr, corpulent, avec une coupe en brosse, l'air efficace.
– Je suis en infraction ? demanda-t-il de but en blanc.
Bill Gillespie lui fit signe de s'asseoir.
– Je ne le pense pas, Mr Gottschalk. Mais je vous serais reconnaissant de bien vouloir me consacrer quelques instants. Un meurtre a été commis ici, dans la nuit d'avant-hier, et nous avons pensé que vous pourriez peut-être nous aider à éclaircir certains points.
Avant que Gillespie ait terminé son petit discours, Virgil Tibbs avait fait demi-tour sur le seuil et était revenu s'asseoir. Gillespie ne fit aucun commentaire.
– Vous vous appelez Gottschalk, c'est bien cela ? demanda-t-il.
Le ton invitait manifestement à de plus amples

précisions. Gottschalk tira son portefeuille de sa poche et posa une carte de visite sur le bureau de Gillespie.

– Pourrais-je en avoir une aussi ? fit Tibbs.

– Mais certainement.

Gottschalk lui tendit une carte.

– Vous êtes... euh... de la police ? ajouta-t-il.

– Je m'appelle Virgil Tibbs. Je suis chargé de l'enquête sur le meurtre auquel l'inspecteur Gillespie vient de faire allusion.

– Pardonnez-moi, je n'avais pas compris.

Gottschalk tendit le bras. Les deux hommes, sans se lever, échangèrent une poignée de main. Après quoi, Tibbs attendit en silence que Gillespie reprenne l'interrogatoire. Arnold reparut sur le seuil.

– Ralph est là, annonça-t-il brièvement.

Gillespie hésita, fit un mouvement pour se lever. Au même instant, Ralph parut à la porte, regarda Gottschalk et le désigna d'un geste théâtral.

– C'est lui, déclara-t-il.

Gillespie se laissa retomber sur son siège. Gottschalk tendit le cou pour examiner Ralph et se retourna ensuite, manifestement ahuri.

Ne sachant trop quoi faire, Arnold attendait à la porte.

– Qu'avez-vous à dire sur ce monsieur, Ralph ? demanda calmement Gillespie.

Le serveur respira un grand coup.

– Eh bien, j'y pensais plus jusqu'à ce qu'il revienne, mais ce type-là, celui qu'est là, je veux dire, il était au restaurant la nuit du meurtre, trois quarts d'heure à peu près avant l'arrivée de Mr Wood.

– Je ne comprends rien à tout cela, fit Gottschalk.

– Avant qu'il arrive, reprit Ralph, j'ai lavé le trottoir devant la porte, donc j'aurais vu s'il était passé d'autres voitures. Il y a eu que la sienne.

– Avez-vous remarqué d'où elle venait ? demanda Gillespie.

– Ouais, c'est-à-dire, il allait vers le sud.

– Continuez.

– Eh ben, j'ai appris un peu plus tard que Sam... Mr Wood je veux dire... avait trouvé le corps de cet Italien au beau milieu de la grand-route. Il est pas passé d'autre voiture, après ce type-là, jusqu'à ce que Mr Wood trouve le corps.

Ralph prit un temps, puis avala convulsivement sa salive.

– Alors, je me suis dit que c'était lui.

Gottschalk bondit de son fauteuil avec une rapidité étonnante pour un homme de sa corpulence. Mais il se ravisa et se rassit.

Bill Gillespie eut une inspiration subite.

– A vous de jouer, Virgil, dit-il.

Et il se laissa aller dans son fauteuil. Il commençait à apprécier d'avoir à sa disposition un bouc émissaire, qui ne pourrait rien revendiquer mais serait en cas d'échec, le seul responsable. Et, bien qu'il ait du mal à le reconnaître, il savait que Tibbs connaissait drôlement son affaire. Ce que ça donnerait, il ne pouvait encore le dire mais il commençait à soupçonner Tibbs d'être sans doute le plus habile de toute la police de la région, y compris lui-même. Gillespie se sentait comme un jeune pilote, convaincu de savoir voler seul mais qui, dans une situation difficile, ne souhaite qu'une chose c'est de s'en remettre à son instructeur. Gillespie n'avait jamais eu d'instructeur sur qui compter, ce qui n'arrangeait pas les choses.

– D'après votre carte, Mr Gottschalk, commença

Tibbs, je vois que vous êtes ingénieur en astronautique.

– C'est exact, répondit Gottschalk d'une voix tranquille. Nous participons pour une bonne part à ce qui se fait au Cap. C'est là-bas que j'allais quand je me suis arrêté ici.

– Pour assister au lancement d'hier ?

– C'est cela, Mr Tibbs.

– Qu'est-ce que c'est que ce cap ? intervint Gillespie.

– Le cap Kennedy.

– Ah ! oui, bien sûr.

Gillespie fit signe à Tibbs de poursuivre. Puis il jeta un coup d'œil vers Ralph. Le serveur restait là, bouche bée, comme frappé de stupeur à l'idée que l'homme qu'il avait désigné d'un doigt accusateur était plus ou moins lié aux événements spectaculaires dont il lisait le récit dans le journal.

– Après vous être arrêté au restaurant, Mr Gottschalk, est-ce que vous êtes reparti vers le sud, en traversant la ville ?

– Oui. Je n'ai pas quitté la grand-route. En fait, je ne me suis plus arrêté jusqu'à ce que j'aie dû prendre de l'essence, à peu près à deux cent cinquante kilomètres d'ici.

– Quel est votre matricule au service de sécurité, Mr Gottschalk ? demanda Tibbs.

– « Secret » et Q.

– Ce qui veut dire que vous travaillez, ou que vous avez travaillé dans l'énergie nucléaire.

– C'est exact. Notre compagnie a plusieurs contrats dans ce domaine.

– Pour plus de précision, puis-je vous demander pourquoi vous avez pris la route à cette heure-là et non pas l'avion ou même le train ?

– Je comprends que vous me posiez cette question, Mr Tibbs. J'ai pris la voiture cette fois-ci, parce que j'espérais que ma femme me rejoindrait et que nous pourrions passer une semaine dans les Keys, après le lancement. A condition naturellement, que tout se passe bien. Tout ce que je peux vous dire sans préciser davantage, c'est qu'après le lancement, il m'a fallu retourner à la centrale, ce qui explique pourquoi je suis ici en ce moment.

– En d'autres termes, vous étiez parti en voiture pour l'avoir sous la main au cas où Mrs Gottschalk aurait pu venir passer une semaine de vacances avec vous ?

– Voilà.

– Et pourquoi rouliez-vous si tard ?

– A cause de la chaleur. C'était intenable. Ma voiture n'est pas climatisée, j'ai donc préféré rouler de nuit, enfin le plus possible, pour être un peu mieux.

– Il ne nous reste donc qu'une question à vous poser, monsieur : en traversant Wells, avez-vous remarqué quoi que ce soit de bizarre ? Je suppose bien sûr que vous n'avez pas vu de corps sur la route : sinon, vous vous seriez arrêté. Mais avez-vous remarqué quoi que ce soit qui puisse nous aider ? Des passants attardés ? Un mouvement quelconque ?

Gottschalk secoua la tête.

– Je n'essaie pas de cacher quelque chose, pour m'éviter des complications, mais, sincèrement, je n'ai rien vu du tout. A vrai dire, et vous m'en excuserez, mais la ville m'a fait l'effet d'être complètement morte.

Tibbs se leva.

– Vous nous avez rendu un grand service, monsieur, et nous vous sommes reconnaissants d'avoir bien voulu nous consacrer un peu de votre temps.

Gottschalk se leva à son tour.

– Je peux repartir, maintenant ?

– Naturellement, monsieur. Théoriquement vous étiez même libre de repartir quand vous vouliez, et vous n'étiez absolument pas tenu de venir jusqu'ici. J'espère qu'on vous a bien dit qu'il ne s'agissait que d'une requête ?

– Franchement, répliqua Gottschalk, ce n'est pas l'impression que j'ai eue. J'ai cru que je m'étais fait piéger pour excès de vitesse ou par un de ces dispositifs policiers dont on entend toujours parler. Je m'attendais bien à avoir une amende à payer.

– L'inspecteur Gillespie et les autres responsables de cette ville n'utilisent pas ce genre de procédés. Permettez-moi de vous dire officiellement que vous n'êtes en aucun cas soupçonné.

– Alors tant mieux. J'aimerais bien que tous les flics soient comme vous. Et si je peux me permettre une remarque sans froisser personne, je suis content de voir que la démocratie a touché le Sud autrement qu'au sens politique du terme. Au revoir, messieurs.

Tout le monde sortit, mais Gillespie fit signe à Tibbs de rester. Il ne l'invita pas à se rasseoir et Tibbs attendit debout que les autres se soient éloignés. Gillespie prit alors un crayon qu'il se mit à faire rouler entre ses doigts.

– Virgil, je vous ai laissé procéder à l'interrogatoire, puisque vous êtes censé mener cette enquête. Mais est-ce que vous croyez que c'était bien indiqué de lui dire qu'il était au-dessus de tout soupçon ? Il travaille pour une firme très importante. S'il se met à parler de ce qui s'est passé, et c'est très possible, qu'est-ce que vous ferez, si vous apprenez qu'il en savait plus qu'il n'en a dit tout à l'heure ?

Gillespie se renversa dans son fauteuil.

– Réfléchissez, si ce n'est pas déjà fait, reprit-il. Cet homme, qui allait vers le sud, a traversé la ville ; il reconnaît être passé à l'endroit précis où Sam a découvert le corps... je veux dire où Mr Wood a découvert le corps. Après lui on n'a vu passer aucune voiture, dans l'un ou l'autre sens. A première vue, c'est sûr qu'il n'a pas *l'air* coupable ; il reste quand même qu'il se trouvait sur les lieux du crime à peu près au moment où le crime a été commis. Vous vous rappelez, je pense, ce que le médecin a dit à propos de l'heure à laquelle Mantoli est mort. C'est, à peu de chose près, l'heure à laquelle est passé votre ami Gottschalk. Et vous, vous lui dites officiellement qu'il est au-dessus de tout soupçon.

Si Tibbs fut troublé par ce petit discours, il n'en montra rien.

– Ces arguments se tiennent, inspecteur Gillespie, et je serais tout à fait d'accord avec vous, s'il n'y avait autre chose.

– Et quoi donc, Virgil ?

– Le fait que Mantoli n'ait pas été tué à l'endroit où l'on a retrouvé son corps.

8

A 4 heures ce même après-midi, Sam Wood passa au commissariat, pour voir s'il y avait du nouveau. Lorsqu'il entra, Pete, qui assurait le service de jour, lui lança immédiatement un regard entendu ; Sam se dirigea donc vers les toilettes et quelques instants plus tard, Pete le rejoignit.

– Ça y est, ton pote Virgil a mis Gillespie dans sa poche pour de bon ce matin, confia-t-il à Sam.

Sam se pencha pour vérifier que les toilettes étaient vides.

– Qu'est-ce qui s'est passé ? demanda-t-il.

– D'après ce que je sais, Gillespie avait déniché un nouveau suspect et celui-là aussi, Virgil l'a expédié vite fait.

– Un nouveau suspect ?

– Ouais. Un type qui passait en voiture, cette nuit-là, juste au moment du crime. Le gars du restaurant, Ralph, l'a repéré et Gillespie l'a fait venir ici ; puis il l'a passé à Virgil et Virgil l'a relâché.

– Et Gillespie l'a laissé faire ?

– Ouais. Ensuite ils ont eu une petite conversation tous les deux...

– Je m'en doute.

– Eh non, pas du tout. Ils ont eu une petite conversation *a-mi-cale.* Virgil a dit quelque chose à Gillespie. Arnold est passé devant la porte et il a vu Gillespie, tranquille comme Baptiste, qui écoutait Virgil lui donner des explications. Arnold a pas entendu de quoi ils parlaient, mais ça avait l'air de valoir le coup.

– On pourrait peut-être demander à Virgil ; lui demander s'il y a du nouveau, avoir l'air de s'intéresser à ce qu'il fait. Il est là ?

– Non, il n'a pas été là de la journée. Il est parti avec cette vieille bagnole qu'il a dégotée. On sait pas où il est.

– Peut-être qu'il s'ennuyait et qu'il est allé se chercher une belle petite Noire pour s'amuser un coup.

A peine eut-il terminé sa phrase que Sam eut honte. Il aurait voulu ne l'avoir jamais dite.

– Je sais pas, répondit lentement Pete. Il a l'air rudement finaud, pour un Noir. En fait je parie qu'en ce moment il est encore sur l'affaire.

Sam essaya sincèrement de se rattraper.

– Je disais ça pour blaguer. Il est au poil, Virgil. Ça m'étonnerait pas qu'il s'en tire avec les honneurs, de toute cette histoire.

– Si ça arrive, Gillespie tirera toute la couverture à lui.

– En tout cas, c'est pas un imbécile.

– C'est le Noir le plus malin que j'aie jamais vu, dit Pete pour conclure. Et, ce qui pour lui était le compliment suprême :

– Il aurait dû être Blanc.

Sam acquiesça.

En dépit de la chaleur et bien qu'il soit chez lui, le révérend Amos Whiteburn portait les vêtements noirs de sa charge. Le salon était minuscule et miteux ; il y avait longtemps que ses quelques meubles n'étaient plus neufs. Le tapis était usé jusqu'à la corde, et les rideaux n'arrangeaient rien. Et pourtant, la pièce était propre et aussi présentable que le lui permettait son mobilier.

– Depuis le temps que je suis dans cette paroisse, déclara le révérend Whiteburn de son impressionnante voix de basse, c'est la première fois que la police vient me consulter. Je le prends comme un honneur.

– C'est peut-être parce que votre autorité spirituelle a toujours été assez efficace pour se passer d'autre chose, suggéra Virgil Tibbs.

– Vous êtes très aimable, Mr Tibbs, mais j'ai bien peur que ce ne soit tout le contraire. Avez-vous passé longtemps ici, dans le Sud ?

– Pas plus que nécessaire, avoua Tibbs. Ma mère habite par ici ; j'essaie de la persuader de venir en Californie, où je pourrais l'installer un peu mieux, mais elle est âgée et elle a ses autres enfants sur la côte Est.

– Je comprends, fit le pasteur de sa voix retentissante. Pour certains d'entre nous qui ont passé toute leur vie ici, ce serait un choc de se retrouver dans un climat moral si différent.

Tibbs reprit :

– Il y a deux nuits, un homme a été tué dans cette ville ; vous devez en avoir entendu parler. J'enquête sur ce crime... avec l'accord des autorités. Pour l'instant, j'ai besoin de savoir deux choses : l'endroit où le meurtre a été commis et si possible, l'arme utilisée.

Le révérend Whiteburn se pencha en avant et son fauteuil grinça sous son poids.

– Je croyais avoir compris que ce pauvre homme avait trouvé la mort sur la grand-route.

– Justement pas, répliqua Tibbs.

Le pasteur se caressa le menton.

– Etes-vous autorisé à m'en dire un peu plus ? demanda-t-il.

– Il s'agit ici de renseignements confidentiels, dit Tibbs, dont rien ne doit filtrer à l'extérieur.

– Vous pouvez en être certain, lui assura gravement le pasteur.

– Le maestro Mantoli a été tué quelque part dans les faubourgs de la ville, enfin tout du moins à la périphérie.

Le pasteur s'agita de nouveau dans son fauteuil.

– Comment avez-vous réussi à savoir cela ? interrompit-il.

– En examinant le corps, et en en tirant des déductions logiques, c'est tout.

Le pasteur hésita puis reprit prudemment :

– Mr Tibbs, soupçonnez-vous quelqu'un de notre communauté noire ici, directement ou indirectement ?

– Pour autant que je sache, répondit Tibbs avec une égale prudence, personne n'a laissé entendre que c'était forcément un Noir.

– Ce qui est déjà en soi un miracle, répondit le pasteur. Mais je vous ai interrompu. Continuez, je vous en prie.

Tibbs l'examina ; c'était un vrai colosse, on aurait dit un boxeur à la retraite ; il se décida à sauter le pas.

– Mantoli a été tué avec quelque chose en bois... du pin je pense, mais je n'en serai sûr que quand je recevrai la réponse des Eaux et Forêts. Je leur ai envoyé un petit éclat qu'on a retrouvé sur le corps. Je veux retrouver ce morceau de bois, mais seul c'est pratiquement impossible. Si je suis venu vous voir, c'est parce qu'on m'a dit que vous vous occupiez beaucoup des jeunes Noirs, ici.

Le révérend Whiteburn plissa le front et tapota le bout de ses doigts.

– Si ce morceau de bois a servi de matraque, c'est qu'il n'était pas très gros. Il devait même être assez court.

– Probablement, oui ; peut-être soixante centimètres de long.

– Hum. Ça pourrait bien être du bois d'allumage.

Il se tut à nouveau ; Tibbs attendit patiemment. Et au bout d'un moment, le révérend reprit :

– Voyons... qu'en pensez-vous, Mr Tibbs si... Je vais dire aux jeunes gens de notre club, qui ont de dix à quinze ans, que je veux faire une provision de bois de chauffage pour l'église. Je les chargerai d'en rapporter, mais j'insisterai bien sur le fait qu'ils ne doivent rien prendre dans les tas de bois des particuliers, même si on le leur offre. J'en ferai une sorte de jeu. A mesure qu'ils m'apporteront ce qu'ils auront trouvé – et il y en aura –, j'essaierai de trouver votre bûche, à condition qu'il y ait un moyen de la reconnaître.

– Il y a des taches de sang séché à une extrémité. Ça ne ressemble sûrement pas à du sang pour des enfants. Il y a peu de chances en tout cas.

Pour le révérend Whiteburn le problème était réglé.

– On va s'y mettre tout de suite. Je ne peux évidemment pas vous promettre de résultat, mais nous allons certainement ramasser une bonne partie du bois qui traîne dans le secteur. Et les enfants n'auront pas besoin de savoir pourquoi ils font ça.

– Vous nous seriez bien utile en Californie, dit Tibbs avec admiration.

– C'est ici qu'on a besoin de moi, lui répondit Whiteburn avec simplicité.

Le téléphone sonnait. Bill Gillespie décrocha.

– Oui, aboya-t-il.

– Bill, si vous pouviez vous absenter un moment, j'aimerais que vous fassiez un saut à mon bureau. J'ai plusieurs conseillers qui sont là et ce serait bien que vous veniez aussi.

Gillespie reconnut la voix du maire.

– J'arrive, Frank, répondit-il.

Il raccrocha. En traversant l'entrée, il regarda le policier de permanence de son œil perçant et nota avec plaisir la petite lueur de crainte dans ses yeux à ce moment. Gillespie, assez content de lui, sortit au grand soleil et se dit que quel que soit ce qui tracassait Frank Schubert, il saurait s'en charger.

Mais ce fut moins facile qu'il ne l'aurait cru. Schubert le fit entrer dans son bureau et lui désigna d'un geste les trois hommes qui l'entouraient.

– Vous connaissez Mr Dennis, Mr Shubie et Mr Watkins, Bill.

– Certainement ; bonsoir, messieurs.

Gillespie s'assit avec l'air du haut fonctionnaire dont on requiert l'opinion. C'était du moins l'impression qu'il cherchait à donner ; et il avait bien l'intention de rester calme et courtois quoi qu'il arrive : les quatre hommes en face de lui étaient assez influents au conseil pour le déloger de son poste.

– Bill, les gars m'ont demandé de vous faire venir

pour parler du meurtre de Mantoli. Cette affaire tracasse tout le monde, ça va sans dire.

Watkins l'interrompit.

– Pour en venir au fait, Mr Gillespie, nous voudrions savoir où en est l'enquête actuellement, et ce qui se passe.

– Est-ce que ça n'est pas une seule et même question ? demanda Gillespie.

– Je veux dire, nous aimerions savoir ce qu'on fait pour tirer au clair cette affaire, et s'il est vrai que vous travaillez avec un flic noir.

Gillespie redressa les épaules.

– Je vais reprendre vos questions dans l'ordre inverse, Mr Watkins. L'un de nos hommes, par excès de zèle, a ramassé à la gare un Noir qui avait sur lui une importante somme d'argent et il l'a donc ramené comme suspect.

– Exactement ce qu'il fallait faire, fit Watkins d'un ton sec.

– Quand je l'ai interrogé, il m'a dit qu'il était flic là-bas en Californie. J'ai vérifié, naturellement ; et c'était vrai.

– Nous ne sommes pas en Californie ici, intervint Shubie.

– Je sais, lança brutalement Gillespie.

Mais il se reprit aussitôt.

– Excusez-moi. Rien que de penser à lui, ça me rend malade.

Un coup d'œil à Shubie et il vit que son explication le satisfaisait.

– Bref, George Endicott est venu mettre son grain de sel. Je ne veux pas manquer de respect envers un conseiller, mais je ne pense pas qu'il sache comment on mène un service de police. Quoi qu'il en soit, Mr Endicott a pris contact avec le chef du Noir, Virgil, qui lui a dit que Virgil était un spécialiste des affaires criminelles. Là-dessus, il l'a emprunté à ses supérieurs pour qu'il nous aide ici.

– Voilà, c'est ce Noir-là ? fit Watkins.

– C'est lui, acquiesça Gillespie. Au cours d'une conversation privée, Mr Schubert m'a conseillé de me servir de lui. C'est lui le patron : j'ai fait ce qu'il me demandait.

– Eh bien moi, ça ne me plaît pas, s'exclama Watkins, en se levant à moitié de son fauteuil. Je ne veux pas voir de Noir se balader en ville et poser des questions aux Blancs comme s'il s'y croyait. Il voulait interroger Ralph, mon serveur au restaurant, mais il ne s'est pas laissé faire. Et le Noir est allé à la banque où il s'est comporté comme s'il était un Blanc. J'en connais qui sont prêts à le remettre à sa place, et qui le feront, vous savez, si vous ne le virez pas.

Gillespie se tourna vers Frank Schubert : à lui de jouer maintenant. Quand il vit que tout le monde le regardait, Schubert se mit à fouiller dans son bureau et en tira un petit paquet de journaux.

– Mantoli n'était pas vraiment une huile, mais son assassinat a quand même fait du bruit. Ça en fait encore plus depuis qu'un flic noir est chargé de l'enquête. Si vous n'avez pas lu tout ça, vous feriez bien de le faire. Vous savez que la presse s'intéresse beaucoup à nous. Jusqu'à maintenant, ça nous a plutôt servi : c'est de la publicité gratuite pour le festival.

Dennis prit la parole pour la première fois.

– De la m... dit-il.

Schubert le regarda. Il essayait de garder son sang-froid mais il avait de plus en plus de mal à le faire.

– Luke, je sais que vous étiez contre depuis le début. C'est votre affaire ; mais que ça vous plaise ou non, on est dans le bain, et il faut aller jusqu'au bout. Si ça fait un four, vous aurez eu raison et il n'y aura pas à discuter ; mais si ça réussit ça fera peut-être rentrer de l'argent et tout le monde sera content.

– Peut-être, fit Dennis, sceptique.

Schubert revint à ses journaux.

– Messieurs, un peu avant votre arrivée, j'ai reçu un coup de fil du *News*. Ils voulaient tout un topo sur le fait que nous travaillions avec Tibbs. Si l'article paraît, ça nous fera de la publicité dans tout le pays.

– Et les gens d'ici, bon Dieu, qu'est-ce qu'ils en penseront ? s'indigna Watkins.

– Ça ne changera rien du tout, Will. On a ce Noir sur le dos maintenant, jusqu'à ce qu'on ait une occasion de le virer, ou que Bill ait résolu l'affaire.

Schubert se tourna vers Gillespie.

– Et c'est ce dont je voulais vous parler. Ce n'est pas pour retourner le couteau dans la plaie, mais est-ce que vous allez bientôt nous sortir de là ?

Gillespie répondit d'un ton un peu mordant :

– Dans ce genre de situation, il y a une marche à suivre bien précise, qui est le seul moyen d'arriver à quelque chose. C'est ce que nous faisons. Par ailleurs, je mène moi-même une enquête. Je ne peux pas vous dire exactement quand on arrêtera cet homme, mais ce que je peux vous dire entre nous, c'est que nous avançons. De plus, j'essaie de serrer Virgil de près et, s'il se permet des écarts, il aura de mes nouvelles. Je sais qu'il est allé à la banque mais il a été très discret et jusqu'à présent, il n'a rien fait pour se faire épingler.

– N'empêche que ça ne me plaît pas, insista Watkins. Ce n'est pas un magazine pro-noir de New York qui va nous dire ce qu'on a à faire ici. C'est nous qui vivons ici, et c'est nous qui administrons cette ville.

Frank Schubert frappa un grand coup sur le bureau.

– Will, nous sommes tous d'accord là-dessus, pas de problème. Mais regardez les choses telles qu'elles sont. Gillespie a le moricaud bien en main. Pour ce qui est de *Newsweek*, j'ignore qui le dirige et franchement, je m'en fiche. C'est un magazine qui me plaît et j'y suis abonné. Allez, soyez raisonnable. Il faut aller jusqu'au bout de cette histoire. Et on pourrait très bien y trouver notre compte.

– Ça m'est égal, répliqua Watkins. Ce que je veux, c'est qu'on se débarrasse de ce Noir, avant que les gens ici perdent patience et lui tombent dessus. C'est à ce moment-là qu'on nous ferait de la publicité et celle-là, on n'en a pas besoin. On pourrait même avoir le F.B.I. sur le dos...

Schubert redonna un coup sur le bureau.

– Oui oui, bien sûr. Mais tenons-nous-en aux faits : nous voulons tous que cette histoire soit réglée et que ce moricaud débarrasse le plancher. Bill nous dit qu'il a la situation bien en main. S'il le dit, c'est que c'est vrai.

Il se tourna vers Gillespie.

– Nous sommes avec vous, Bill, vous le savez. Allez-y, faites votre boulot ; mais ne laissez pas trop traîner les choses. Quand ce sera fini, tous les problèmes seront résolus et on pourra peut-être retrouver une vie normale.

Mais Dennis vint tout gâcher.

– Mais pas du tout : il faudra d'abord organiser

ce foutu festival et puis ensuite garder nos femmes sous clé la nuit, tant qu'il y aura des touristes en ville. Ah on a bonne mine : on a de beaux rondins pour faire asseoir les gens et un macchabée comme chef d'orchestre. C'est quand on en aura fini avec tout ce bazar que oui, peut-être, on pourra retrouver une vie normale.

Schubert parut sur le point d'exploser, mais se maîtrisa.

– Tout ça ne nous mène nulle part. Je pense que nous nous comprenons, ajouta-t-il avec fermeté. Bill a du travail et moi aussi. Merci d'être venus ; nous vous tiendrons au courant.

Ils se séparèrent en silence.

En retournant à son bureau, Gillespie serrait les poings. Il y avait bien une marche à suivre dans une enquête criminelle ; il fallait qu'il trouve ce que c'était. Il avait du personnel, eh bien il allait le mettre au travail.

Quand Sam Wood vint prendre son service à 11 h 45, ce soir-là, il fut surpris de trouver Virgil Tibbs tranquillement assis dans le vestibule. Il fut plus surpris encore en apprenant que c'était lui que Virgil attendait. Quand il eut pointé, Tibbs lui dit :

– Si ça ne vous fait rien, j'aimerais bien vous accompagner cette nuit.

Sam resta perplexe. Il avait des raisons d'être pour et des raisons d'être contre.

– Toute la nuit, vous voulez dire ? demanda-t-il.

Tibbs acquiesça.

– Oui, toute la nuit.

– Je ne sais pas ce qu'en penserait Gillespie, fit Sam, hésitant.

– Il m'a dit de faire ce que je voulais. Je voudrais vous accompagner.

– Alors, venez.

Sam n'appréciait pas vraiment d'avoir à passer huit heures avec Tibbs. Mais il se dit qu'au bout de trois ans de rondes en solitaire, ça ne lui ferait pas de mal d'avoir un peu de compagnie. En fait, c'était peut-être même cette nuit qu'il aurait besoin de quelqu'un avec lui. Dans un éclair de lucidité, il se rappela son inquiétude de la nuit précédente. D'un autre côté, s'il avait refusé d'emmener Tibbs, Gillespie aurait pu lui voler dans les plumes. Le policier de garde serait témoin que Tibbs avait demandé ça en disant que Gillespie était d'accord. Sam en prit son parti et conduisit Tibbs à la voiture.

Il se glissa au volant et Tibbs s'installa tout naturellement à côté de lui. Sam serra le volant et se demanda ce qu'il devait dire ; mais ils étaient bien allés comme ça chez les Endicott, il pouvait le refaire. Il démarra et sortit du parking.

– Qu'est-ce que je fais ? demanda-t-il, dès qu'ils se furent un peu éloignés.

– Si ça ne vous ennuie pas, répondit Tibbs, j'aimerais qu'on reprenne, le plus exactement possible, le trajet que vous avez fait la nuit où Mantoli a été tué. Essayez de suivre le même itinéraire, et à la même allure. Vous pensez que c'est possible ?

– C'est possible, oui ; et même à cinq minutes près.

– Ce serait vraiment bien. Vous préférez que je ne parle pas ?

– Parlez autant que vous voudrez, riposta Sam. C'est pas ça qui me dérange.

Ils roulèrent quand même un moment en silence. Sam était vraiment fier d'arriver à retrouver comme ça sans erreur son itinéraire de l'autre nuit. Il jeta un coup d'œil à sa montre.

– Alors, ça vous aide à quelque chose ? demanda-t-il.

– Ça m'aide à savoir quelle chaleur il fait en pleine nuit, répondit Tibbs.

– Je croyais que vous le saviez déjà, lui rappela Sam.

– *Touché*, répliqua Tibbs.

– Qu'est-ce que ça veut dire, exactement, ce mot ?

– C'est un terme d'escrime. Quand l'adversaire marque un point, vous accusez le coup en disant « touché ».

– En quelle langue ?

– En français.

– Vous êtes drôlement instruit, Virgil, ça, il faut bien le reconnaître.

Sam tourna sans bruit à l'angle d'une rue et regarda sa montre.

– Je ne conduis pas aussi bien que vous, fit Tibbs. Je n'ai jamais vu quelqu'un qui conduisait aussi bien.

Malgré lui, Sam se sentit flatté. Même s'il ne savait pas faire grand-chose, il savait qu'il conduisait comme un chef ; et ça lui plaisait que quelqu'un s'en aperçoive. En dépit de ses préjugés, il commençait à avoir une certaine sympathie pour Tibbs.

– Vous allez peut-être pouvoir m'éclairer sur quelque chose, Virgil. Une fois, j'ai lu une histoire sur un homme qui avait une peur bleue à un moment. Il marchait la nuit et il s'attendait tout le temps à ce que quelqu'un lui saute dessus ; et il avait l'impression que la peur qui était dans l'air autour de lui avait une odeur, si vous voyez ce que je veux dire. L'auteur avait un mot pour dire ça... pas moyen de me le rappeler, mais ça commençait par un *m*. Ça ressemblait un peu à... à un miaulement. Je me rappelle même que je l'avais cherché dans le dictionnaire.

– Hum. Laissez-moi réfléchir. Ce n'était pas « miasme », par hasard ?

– Voilà, c'est ça ! s'écria Sam. Ça me tracassait ce truc-là. C'est un mot plutôt rare ; comment ça se fait que vous le connaissez ?

– Moi aussi je l'ai trouvé dans un livre ; et plusieurs fois, alors il m'est resté en mémoire. C'est une coïncidence.

– Si seulement j'étais allé plus longtemps à l'école, dit Sam, stupéfait lui-même de ce soudain besoin d'épanchement. Je suis allé au lycée quelque temps, et puis j'ai trouvé une place dans un garage. J'y suis resté un moment jusqu'à ce qu'on m'embauche ici.

– Vous êtes allé à l'école du F.B.I. ? demanda Tibbs.

– Non, j'en ai pas eu l'occasion. Dites donc, à propos, je voudrais vous demander quelque chose.

Tibbs attendit un peu, puis répondit :

– Allez-y, qu'est-ce que c'est ?

– Ça ne me regarde peut-être pas, mais on m'a dit qu'aujourd'hui vous aviez dit quelque chose à Gillespie qui a eu l'air de le secouer. Je voudrais bien savoir ce que c'est.

Tibbs regarda un moment au carreau la chaussée qui défilait.

– Je lui ai dit que Mantoli n'avait pas été tué à l'endroit où vous l'aviez découvert, qu'on avait transporté son corps et qu'on l'avait laissé là. Voilà pourquoi Gottschalk, l'ingénieur, n'a manifestement rien à voir dans l'histoire. Le corps n'était certainement pas là quand il est passé. Il a donc fallu qu'on le transporte du lieu du crime jusqu'à la grand-route, et vous, vous l'avez trouvé quelques minutes plus tard.

– Bon Dieu, Virgil, comment est-ce que vous savez tout ça ?

– Mais vous le sauriez aussi, Sam, si vous aviez pu examiner le corps.

Sam tressaillit en s'entendant appeler par son prénom. Au moment où il commençait à l'apprécier un peu, ce Noir s'arrangeait pour suggérer qu'ils étaient à égalité ; et ça, c'était inadmissible. Mais pour le moment il décida de laisser passer et se contenta de demander sèchement :

– Comment ça ?

– En regardant la paume de ses mains.

– Et si vous commenciez par le commencement ?

Sous le coup de l'irritation, Sam voulait affirmer son autorité, mais il n'était pas arrivé à durcir le ton.

– D'accord, Sam. Revenons au moment où Mantoli a reçu ce coup sur la tête. Nous savons maintenant que ce coup était mortel, mais ce que nous ne savons pas c'est si la mort a été instantanée ou si Mantoli est resté conscient quelques secondes encore.

Sam s'engagea dans une montée et consulta sa montre, une fois de plus. Il était exactement dans les temps. Il écoutait Tibbs attentivement.

– S'il est mort instantanément ou s'il a tout de suite perdu connaissance, qu'est-ce qui a pu se passer ?

– Il a dû tomber.

– Oui, mais *comment* ? Rappelez-vous : il est soit mort, soit inconscient.

Sam réfléchit un moment.

– Il a dû s'écrouler comme un sac de pommes de terre.

Il jeta un coup d'œil vers Tibbs, qui était à demi tourné vers lui, le bras droit à la portière.

– C'est tout à fait ça. Ses genoux se sont dérobés, ses épaules se sont affaissées, sa tête a basculé en avant, et il est tombé, plus ou moins comme une masse.

Sam commença à y voir clair et son imagination fit un bond.

– Mais il était complètement allongé quand je l'ai trouvé. Il avait les bras au-dessus de la tête !

– Voilà, approuva Tibbs. J'ai vu les photos du corps, dans la position où vous l'avez trouvé.

– Attendez un peu, interrompit Sam. A supposer qu'il n'ait pas perdu connaissance tout de suite après avoir été frappé...

– Continuez, invita Tibbs.

– Dans ce cas il aurait projeté ses bras en avant, pour essayer de se protéger.

– Voilà, vous commencez à raisonner comme un expert, l'encouragea Tibbs.

– Et c'est comme ça que je l'ai trouvé.

– C'est vrai.

– Donc peut-être qu'il n'a pas perdu connaissance tout de suite après le coup.

La conversation passionnait Sam au point qu'il en oublia de tourner. D'un coup d'œil il vérifia derrière lui et fit demi-tour un peu plus loin ; puis il écrasa l'accélérateur pour rattraper le temps perdu.

– Je ne pense pas, fit Tibbs.

– J'ai peut-être oublié quelque chose.

– Supposez que Mantoli ait été frappé à l'endroit où vous l'avez trouvé. Pour que son corps soit allongé dans cette position, il aurait fallu qu'il cherche à amortir sa chute avec les mains.

– J'y suis ! explosa Sam. Si c'était ça, la chaussée lui aurait écorché les mains, lui aurait même sans doute enlevé un peu de peau.

– Alors ?

– Eh bien, s'il n'avait pas les paumes écorchées, ni aucune autre marque, c'est qu'il n'est pas tombé là.

– Ou bien, s'il est tombé là, acheva Tibbs, c'est que quelqu'un a pris soin d'allonger le corps après coup.

– Oui. Mais il y a peu de chances, fit Sam. Parce que c'était en plein milieu de la grand-route et qu'une voiture pouvait arriver à tout moment. La mienne, par exemple.

– Sam, dit Tibbs, vous avez tout ce qu'il faut pour faire un vrai professionnel.

Cette fois, Sam ne remarqua même pas que Tibbs l'avait appelé par son prénom. Il se voyait déjà dans la peau d'un professionnel : Sam Wood, expert en affaires criminelles. Il se rappela alors que c'était exactement le titre qu'avait Tibbs.

– Comment est-ce que vous avez appris le métier, Virgil ? demanda-t-il.

– J'ai eu une des meilleures formations qui existent plus dix ans d'expérience. Quand on entre dans la police à Pasadena, on commence par aller à l'école ; et c'est incroyable ce qu'on peut vous apprendre, en relativement peu de temps.

Sam se mit à réfléchir.

– Virgil, je vais vous demander quelque chose qui ne va peut-être pas vous plaire ; mais je voudrais savoir... Comment ça se fait qu'on vous ait accepté ? Enfin, non, ce n'est pas ça que je veux dire. Bon, carrément, comment ça se fait que quelqu'un de couleur ait pu avoir tous ces avantages ? Maintenant, si vous voulez vous mettre en rogne, allez-y.

Tibbs répondit par une autre question.

– Vous avez toujours vécu dans le Sud, sans doute ?

– Je n'ai jamais dépassé Atlanta, reconnut Sam.

– Alors, vous aurez peut-être du mal à me croire, mais il y a des endroits dans ce pays où un homme de couleur, pour reprendre votre expression, est simplement un être humain comme les autres. Ce n'est pas l'opinion de tout le monde, mais ça existe au point que, chez moi, je passe des semaines sans que personne me rappelle que je suis noir. Ici, il ne se passe pas un quart d'heure sans qu'on me le fasse sentir. Si vous alliez quelque part et que l'on vous méprise à cause de votre accent du Sud, alors que vous, vous parlez normalement et le mieux possible, vous auriez une petite idée de ce que c'est que d'être persécuté pour quelque chose dont vous n'êtes pas responsable et qui, de toute façon, ne change rien.

Sam hocha la tête.

– Il y en a ici qui seraient capables de vous tuer pour avoir dit ça, dit-il.

– C'est bien ce que je dis, riposta Tibbs.

Sam réfléchit un moment à tout cela. Puis il décida que la conversation avait assez duré et il ne dit plus rien jusqu'à ce qu'ils se soient garés en face de la pharmacie Simon. Il consulta une dernière fois sa montre : il avait exactement une minute d'avance sur son horaire habituel. Il prit le bloc de formulaires et remplit lentement son rapport. En regardant l'heure il vit qu'il avait réussi à occuper la moitié de la minute qui restait. La conscience tranquille, il nota l'heure, alluma le plafonnier et sans un mot, tendit le bloc à Tibbs.

Celui-ci l'examina attentivement avant de le lui rendre. Sam était sûr qu'il aurait remarqué que les heures correspondaient entre ce soir-là et la nuit du crime. Il ne se trompait pas.

– C'est incroyable, Sam, lui dit Tibbs. Je n'en connais pas beaucoup qui auraient été capables de faire ça et d'arriver pile à l'heure, comme vous l'avez fait.

Il fit une pause et ajouta :

– L'étape suivante est la plus critique. Vous le savez, naturellement.

– Bien sûr, je le sais, Mr Tibbs, répondit Sam d'un ton un peu venimeux.

– Alors ma confiance en vous est justifiée, répondit Tibbs.

Sam resta interdit : il ne savait pas trop ce qu'il devait penser de ça ; mais il ne voyait pas non plus comment il pourrait s'en formaliser.

– Bon, allons-y, dit-il en démarrant.

Toujours énervé, il franchit en cahotant la voie ferrée et s'engagea dans les quartiers pauvres et le secteur noir de la ville. Là, il se pencha sur le volant et, comme d'habitude, guetta les chiens qui pouvaient dormir au milieu de la rue. Il n'y en avait pas ; scrupuleusement, il suivit sa route habituelle le long des minuscules bicoques en planches, passa la voie de garage et prit la rue où habitaient les Purdy.

A ce moment, Sam pensa à Delores. Et si elle n'était pas couchée ? C'était déjà arrivé deux fois et cela voudrait dire qu'un Noir verrait une jolie fille, une Blanche, sans rien sur le dos. A deux pâtés de maisons de chez les Purdy, Sam tourna brusquement à droite et roula quelques mètres en cahotant. Il se sentait bien un peu coupable, mais il ne s'attarda pas là-dessus ; le détour qu'il venait de faire passerait inaperçu.

Deux pâtés de maisons plus loin, il tourna de nouveau à gauche et continua dans la rue obscure, comme si de rien n'était. La voiture se mit à bringuebaler sur une portion de route non goudronnée, et Sam, d'abord surpris, se rappela qu'au carrefour suivant il allait trouver une rue transversale qui le ramènerait sur son itinéraire habituel, deux cents mètres après la maison des Purdy. Au croisement, il tourna donc tranquillement, retrouva le macadam et continua tout droit jusqu'à la grand-route. Il marqua l'arrêt, comme toujours, avant de prendre à droite vers le restaurant.

En reprenant de la vitesse, il se demandait ce qu'il allait faire de Tibbs pendant qu'il serait au restaurant : on n'y acceptait pas les Noirs. Il n'avait toujours rien trouvé quand il se rangea au parking. Il consulta sa montre.

– Toujours dans les temps ? demanda Tibbs.

Sam hocha la tête.

– Je m'arrête ici un quart d'heure pour manger un morceau.

Avant qu'il ait pu en dire plus, Tibbs le tira d'embarras.

– Allez-y, et ne vous pressez pas. Je vous attends.

Une fois dans la salle, il se sentit assez mal à l'aise. Cela avait commencé avec ce détour qu'il avait fait, un petit détour sans importance, et justifié ; mais faire attendre quelqu'un, même un Noir, pendant que lui allait s'asseoir au frais pour boire quelque chose, cela le gênait. Il se tourna vers Ralph.

– Prépare-moi un sandwich jambon à emporter et une part de tarte. Mets aussi un pack de lait et des pailles.

– C'est pas pour ce Noir, hein ? s'enquit Ralph. Parce que si c'est pour lui, on n'a plus rien.

Sam se redressa de toute sa taille.

– Quand je te demande quelque chose, aboya-t-il, tu le fais. Et à qui ça va, c'est pas tes oignons.

Ralph se recroquevilla mais ne lâcha pas prise.

– Ça va pas plaire au patron, répliqua-t-il.

– Allez grouille, commanda Sam.

Ralph obéit, l'air mauvais. Quand Sam posa un dollar sur le comptoir, il fit sonner sa caisse et rendit la monnaie comme si le contact des pièces lui répugnait. Et, une fois Sam parti, son visage boutonneux se tordit dans une grimace méprisante. « Nègre blanc ! » lâcha-t-il ; de toute façon, il allait prévenir le patron. Le patron, c'était un conseiller, et ce n'était sûrement pas Sam Wood qui allait lui marcher sur les pieds.

Sam se fichait pas mal de la réaction de Ralph ; au contraire, il se sentait la conscience plus tranquille. En donnant le sandwich à Tibbs, il était même assez fier de lui. Il démarra, s'engagea sur la grand-route et consulta sa montre : il était toujours parfaitement dans les temps ; c'était cela sa récompense. Il conduisit lentement jusqu'à l'endroit où il avait trouvé le corps, alluma ses feux et s'arrêta.

– Quel décalage avec votre horaire habituel ? demanda Tibbs.

– Je suis juste à l'heure.

– Merci infiniment. Vous m'avez beaucoup aidé,

plus que vous ne pouvez le croire. Et merci aussi de m'avoir apporté à manger.

Il s'interrompit pour avaler une bouchée de son sandwich et boire une gorgée de lait.

– Et maintenant, je voudrais simplement vous demander une petite chose. Pourquoi avez-vous délibérément fait un détour tout à l'heure après la voie ferrée ?

9

Quand Bill Gillespie avait appris qu'il avait été nommé inspecteur de police de Wells, il avait fêté l'événement en achetant plusieurs ouvrages sur l'administration policière et les enquêtes criminelles. Au cours de ses premières semaines à Wells, ces livres lui avaient procuré un certain sentiment d'importance bien qu'il n'ait pas trouvé le temps de les lire. Mais, après la réunion dans le bureau du maire, il décida de le faire sans plus attendre. En début de soirée, tout était calme ; après avoir bien dîné et enfilé ses pantoufles, il s'installa près d'un bon éclairage et entreprit de les étudier sérieusement.

Il commença par *Enquête criminelle*, de Snyder. Très vite, il se rendit compte du nombre de choses qu'il ignorait, du nombre de mesures qu'il aurait dû prendre et qu'il n'avait pas prises. Pour ce qui était du corps, par exemple : au lieu de l'examen minutieux auquel il aurait dû procéder ou faire procéder, il s'était contenté d'un rapide coup d'œil. Et cela devant témoins. Heureusement, lesdits témoins n'étaient probablement pas capables de noter son incompétence.

C'est alors qu'il se rappela que Virgil Tibbs était là, lui aussi. Mieux encore : quand il l'y avait invité, Tibbs s'était livré à un examen très approfondi, semblait-il, bien qu'à ce moment l'intérêt qu'il portait à l'affaire ait été de pure forme.

Gillespie posa le livre et croisa ses mains derrière la tête. Dans un accès d'impartialité rare chez lui, il reconnut que le policier noir avait marqué là un premier point. Puis il se dit avec un certain soulagement qu'il pouvait toujours demander à Tibbs de lui fournir un rapport sur ce qu'il avait découvert, ce qui lui permettrait à lui, de combler ses propres lacunes. La seule gêne, c'était qu'en faisant cela, il reconnaissait la supériorité professionnelle de Tibbs. Gillespie pesa un moment le pour et le contre et finit par décider que le jeu en valait la chandelle. Ça le poserait, de demander un rapport. Il allait le faire dès le lendemain.

Quand il alla enfin se coucher, ce fut avec le sentiment que la soirée avait été fructueuse, et il dormit bien.

Le lendemain matin au réveil, il était encore vaguement satisfait de tout cela. Tout en se rasant et en déjeunant, il mit au point un certain nombre de choses qu'il comptait faire. Dès son arrivée au bureau, il trouva Eric Kaufmann qui l'attendait. Il le fit entrer et lui indiqua un siège.

– Que puis-je faire pour vous ? demanda-t-il.

– Je viens vous demander un permis de port d'armes, répondit Kaufmann, sans s'embarrasser de préliminaires.

– Une arme ? Pourquoi ? Vous avez l'habitude de porter de grosses sommes sur vous ? s'enquit Gillespie.

– J'aimerais bien. Cela arrivait souvent au maestro Mantoli, et... Mais à moi, non.

– Alors, pourquoi diable est-ce que vous voulez une arme ?

Kaufmann se pencha en avant.

– Je n'ai pas l'intention de critiquer votre service, inspecteur Gillespie, et je vous en prie, ne vous méprenez pas ; mais il y a dans le coin, un meurtrier en liberté. Il a tué le maestro. La prochaine fois, ça peut être le tour de sa fille ou le mien. Jusqu'à ce que nous connaissions le mobile du crime, je me sentirais beaucoup mieux si j'ai un moyen de me défendre.

– Vous comptez donc rester encore quelque temps ici ?

– Oui. Mr Endicott et le comité m'ont demandé d'assumer les fonctions d'administrateur du festival, du moins jusqu'à ce qu'on ait désigné quelqu'un d'autre. Duena – miss Mantoli – va rester chez les Endicott jusqu'à la fin du festival. Elle n'a d'ailleurs aucun autre endroit où aller.

– Je pensais qu'elle retournerait en Italie quand on rapatrierait le corps de son père.

– Oui, elle accompagnera le corps en Italie mais elle reviendra presque aussitôt. Après tout, elle est née dans ce pays. Mantoli était citoyen américain, même s'il a encore toute sa famille en Italie.

Gillespie en savait assez.

– Mr Kaufmann, auriez-vous déjà été condamné pour un quelconque délit ?

Kaufmann réagit avec violence.

– Certainement pas. Je n'ai jamais eu d'ennuis d'aucune sorte, même pas de contravention grave.

Gillespie demanda dans l'interphone :

– Arnold, voulez-vous, s'il vous plaît, enregistrer

la demande de port d'armes de Mr Kaufmann et établir sa fiche d'empreintes.

– Merci infiniment, dit Kaufmann. Est-ce que cela signifie que je peux aller m'acheter un revolver dès maintenant ?

– Théoriquement non, répondit Gillespie. Il faut d'abord que la demande passe par tous les services concernés.

– Et combien de temps est-ce que cela va prendre ?

– Oh, quelques jours. Malgré tout, si vous avez l'impression de courir un danger, bien qu'à mon avis nous sommes en mesure de vous assurer une protection suffisante, allez vous acheter une arme et rapportez-la ici, qu'on puisse l'enregistrer. Je vous autoriserai ensuite à la porter en ville, jusqu'à ce qu'on ait reçu votre permis officiel. Mais si vous allez à Atlanta ou ailleurs, ne la prenez surtout pas.

Kaufmann se leva.

– Vous avez été très aimable, dit-il.

– Mais c'est la moindre des choses.

Gillespie se leva pour serrer la main à Kaufmann et se rassit dès qu'il fut sorti.

Un instant plus tard, Pete, le policier de permanence, entra avec le rapport quotidien.

– Rien d'intéressant ? questionna Gillespie.

Pete secoua la tête.

– Pas grand-chose. Rien à mon avis qui puisse aider dans l'affaire Mantoli.

– Vous saviez que Sam avait eu de la compagnie une partie de la nuit dernière ?

Gillespie haussa les sourcils d'un air interrogateur.

– Virgil était avec lui, expliqua Pete. Il est arrivé ici un peu avant minuit et il a demandé à participer à la patrouille. Comme vous aviez donné des instructions pour qu'on lui facilite la tâche, Sam l'a emmené.

– Je suis sûr que Sam a beaucoup apprécié, commenta Gillespie.

– Pas vraiment, d'après ce que j'ai compris. On m'a dit que Sam était revenu ici vers 4 heures du matin et qu'il s'était débarrassé de Tibbs ; et aussi qu'il était dans une sacrée rage.

– Où est Virgil maintenant ?

– Je n'en sais trop rien. Il a emprunté un plan du cadastre de la ville, très détaillé, et il est parti dans cette voiture que vous lui avez trouvée.

– Quand il repassera, dites-lui que je veux le voir.

– Bien, chef. Au fait, dans le courrier qui est sur votre bureau, il y a une lettre qu'on n'a pas ouverte. Il y a « Strictement personnel », dessus.

– D'accord, merci.

Gillespie congédia Pete d'un signe de tête et se mit à chercher la lettre en question dans la pile bien nette qu'on avait disposée sur son bureau. Quand il l'eut trouvée, – c'était une enveloppe ordinaire, sans adresse d'expéditeur – il devina ce qu'elle contenait. Il l'ouvrit d'un geste irrité et lut rapidement, pour en finir le plus vite possible, l'unique feuillet qui s'y trouvait.

Gillespie,

Vous vous êtes peut-être déjà demandé pourquoi vous aviez obtenu ce poste alors que des candidats plus qualifiés avaient été évincés. C'est parce que vous veniez du Sud et qu'on vous a cru assez fort pour maintenir les Noirs à leur place. On ne veut pas entendre parler d'intégration, et on veut que vous écartiez ces maudits Noirs de nos écoles et de tous les endroits où d'autres salauds de traîtres voudraient les voir. On n'en veut pas non plus dans la police. Donc débarrassez-vous de ce moricaud que vous avez pris pour vous aider et expédiez-le d'ici au plus tôt. Si vous ne le faites pas, on s'en chargera à votre place et ce n'est pas une plaisanterie. Si vous ne le faites pas on vous balancera vous aussi. Vous n'êtes pas si important qu'on ne puisse pas aussi vous remettre à votre place.

Vous êtes prévenu.

Gillespie se sentit envahi par la rage ; c'était son point faible, mais il le savait. Il faillit perdre tout sang-froid. Il sentait qu'il aurait dû examiner la lettre, pour essayer d'y trouver un indice sur l'identité de l'expéditeur, mais il savait aussi qu'il n'y arriverait pas. Il froissa la feuille dans sa main énorme et en fit une boulette compacte qu'il jeta rageusement dans la corbeille à papiers. Ah ! on voulait le remettre à sa place ? Il espérait vraiment qu'ils allaient essayer. Il crispa les poings, les leva devant lui. Ce n'étaient pas de misérables Sudistes qui allaient dicter à un Texan sa ligne de conduite. Et que ça leur plaise ou non, c'était quand même lui le chef de la police et ils n'allaient sûrement pas toucher à ça. Il n'était toujours pas calmé quand l'interphone se mit à grésiller.

– Oui, quoi ? fit-il.

– Virgil vient d'appeler pour savoir quel garage s'occupait de nos voitures. Je lui ai dit que vous vouliez le voir. Il arrive.

La première réaction de Gillespie fut la colère, contre ce Noir qui l'avait mis dans une situation pareille. Puis son humeur changea. On lui donnait *l'ordre* de se débarrasser de Tibbs ; rien que pour cela, il allait le garder, et aussi longtemps qu'il lui plairait.

Il réfléchissait encore à ce qu'il allait faire pour contre-attaquer, quand on frappa à la porte. Il leva les yeux et vit sur le seuil, dans une attitude respectueuse, le responsable de tous ses ennuis.

– Vous vouliez me voir, monsieur ? demanda Tibbs.

Gillespie s'efforça de ne rien laisser paraître dans sa voix.

– Oui, Virgil. Je me demandais quand vous alliez me fournir un rapport sur l'examen du corps de Mantoli.

Le visage habituellement impassible de Tibbs prit une expression de surprise.

– Je l'ai remis à Mr Arnold il y a deux jours. Je pensais que vous l'aviez.

Gillespie ne se démonta pas.

– Alors, il est probablement sur mon bureau. Je voulais aussi vous demander pourquoi vous aviez accompagné Sam... je veux dire Mr Wood... dans sa ronde, la nuit dernière.

– Parce que je veux savoir exactement où il était avant de découvrir le corps. Par quelles rues il est passé, et à quel moment.

– Ah ? Vous pensez que c'est important ?

– Oui, monsieur.

– Je vois. Et vous avez pu avoir toutes les précisions que vous vouliez ?

– A peu près. Je crois avoir obtenu le reste ce matin.

– Virgil, si j'ai bien compris, Sam vous a ramené ici la nuit dernière, et il n'était vraiment pas de bonne humeur, à ce moment-là. Qu'est-ce que vous avez fait, pour le mettre en colère comme ça ? D'habitude, c'est un homme assez pondéré.

Tibbs hésita avant de répondre et croisa les doigts.

– Mr Wood et moi, nous nous entendions parfaitement ; mais à un certain moment, il m'a induit en erreur et, quand je le lui ai fait remarquer, il m'a ramené ici sans autre cérémonie.

– Mr Wood vous a induit en erreur ? Qu'est-ce que vous voulez dire ?

– Puisque vous voulez le savoir, inspecteur Gillespie, je lui ai demandé de reprendre exactement l'itinéraire qu'il avait suivi la nuit du meurtre ; et en un point de cet itinéraire, il a fait un léger détour.

Gillespie fit basculer son fauteuil en arrière.

– Virgil, il faut bien comprendre que Mr Wood patrouille dans cette ville, de nuit, depuis plus de trois ans. C'est exprès qu'il change sans cesse d'itinéraire, pour que personne ne puisse prévoir où il sera à tel ou tel moment. Vous ne pouvez vraiment pas lui demander de se rappeler tous les tournants qu'il a pris, dans une même nuit, même si c'est il y a deux nuits seulement.

– Très bien, monsieur, fit Tibbs. Aviez-vous autre chose à me demander ?

Gillespie réfléchit. Il cherchait, dans la réponse de Tibbs, une raison de se fâcher mais s'il y en avait une, elle ne sautait pas aux yeux.

– Non, c'est tout.

Tibbs sortit et Gillespie se laissa retomber dans son fauteuil. Il venait d'avoir subitement une pensée extrêmement déplaisante. Il se demandait pourquoi il ne l'avait pas eue plus tôt. C'était sûrement stupéfiant, mais cela pouvait très bien être la réponse au problème.

Il ferma les yeux pour mieux imaginer ; un homme brandissait un morceau de bois puis l'abattait avec une violence impitoyable sur le crâne de Mantoli ; mais l'homme qu'il voyait, cette matraque à la main, ôtant la vie à un autre être humain, c'était Sam Wood.

Sam avait eu des circonstances favorables, aucun doute là-dessus. Il aurait pu faire le coup très facilement alors que n'importe qui d'autre aurait dû prendre des risques énormes. Si Sam s'était approché de Mantoli même au beau milieu de la nuit, celui-ci ne se serait pas méfié, n'ayant rien à craindre d'un policier en uniforme. Mû par une impulsion soudaine, Gillespie prit le téléphone, appela la banque et demanda à parler à Mr Jennings.

– Je voudrais vous poser une question strictement confidentielle, à propos d'un de nos hommes, commença Gillespie. Vous connaissez Sam Wood ?

– Je connais très bien Mr Wood, répondit aussitôt Jennings.

– Ce que je voudrais savoir, c'est si ces deux derniers mois, il y a eu des mouvements particuliers sur son compte ? Dépôts ou des retraits inhabituels ? S'il a contracté un emprunt ?

– Normalement, nous ne divulguons pas les informations concernant nos clients, répondit Jennings, qui cherchait manifestement à gagner du temps. De toute manière, nous ne tenons pas à en donner par téléphone. Vous comprendrez certainement.

Gillespie sentit de nouveau la colère le gagner.

– Très bien, très bien ! Vous prenez vos précautions, et je ne vous le reproche pas : vous faites votre métier ; mais vous n'avez pas répondu à ma question.

– J'aimerais mettre les choses au point, Mr Gillespie. S'agit-il là d'une demande de renseignements officielle ?

– Vous pouvez la considérer comme telle.

– Alors naturellement, nous ferons de notre mieux pour vous aider. Si vous voulez bien passer à mon bureau dès que vous aurez un moment, je mettrai nos livres à votre disposition.

– Vous ne pouvez pas me les faire porter ?

– Si vous voulez vous procurer une ordonnance du tribunal à cet effet, nous le ferons très volontiers, répondit Jennings d'un ton calme. Autrement, il serait préférable que vous veniez jusqu'ici : nous ne tenons pas à laisser circuler nos registres et nous évitons le plus possible d'en faire des copies.

Voyant qu'il n'obtiendrait rien de plus, Gillespie raccrocha. Il était irrité de n'avoir rien pu tirer de l'entretien, ni dans un sens ni dans l'autre. Apparemment le vol n'était pas le mobile du meurtre, mais Kaufmann avait mentionné le fait que Mantoli avait souvent sur lui des sommes importantes. Sam Wood pouvait l'avoir tué et lui avoir volé son argent en en laissant suffisamment pour écarter les soupçons. Ça s'était déjà vu.

Arnold parut sur le seuil, des papiers à la main.

– Virgil me dit que vous vouliez son rapport sur le corps de Mantoli.

– Evidemment que je le veux, jeta Gillespie. Et comment se fait-il que vous ne me l'ayez pas donné plus tôt ?

– Je ne pensais pas que vous le vouliez, répliqua Arnold, qui quitta la pièce avec un haussement d'épaules.

Gillespie parcourut le rapport. A mesure qu'il lisait, le document lui déplaisait de plus en plus. Il lui déplaisait parce que tout en étant l'œuvre de quelqu'un d'inférieur, il était meilleur que tout ce que lui-même aurait pu faire ou avait jamais fait ; mais il pouvait aussi lui éviter des moments pénibles à la barre des témoins, si jamais on en arrivait là. Il y apprenait en même temps sur Mantoli une foule de détails qu'il avait ignorés jusque-là ; en dépit de ses efforts, il ne pouvait empêcher l'irritation de le gagner à l'idée que ce rapport était l'œuvre d'un Noir. Ces gens-là n'avaient pas le droit d'être intelligents.

Le téléphone sonna.

Frank Schubert était en ligne.

– Bill, je suis navré de vous déranger mais mon téléphone n'a pas arrêté de la journée. Est-ce que vous pouvez m'en dire un peu plus qu'hier au sujet de notre affaire ? Le conseil commence à s'impatienter pour de bon, et tous les gens que je connais en ville m'appellent pour savoir quand on va arrêter le meurtrier.

– Bon Dieu, Frank, j'aimerais que vous disiez à ces gens de nous ficher la paix à vous et à moi, et de me laisser mener cette enquête. Ça ne sert à rien de faire pression, vous devriez le savoir.

Le maire marqua une hésitation.

– D'accord, Bill. Je vous comprends. Ah !... autre chose : ce type de couleur là, qui vient de Californie, vous vous en êtes débarrassé ?

– Non, et je n'en ai pas l'intention.

Gillespie avait du mal à garder son calme.

– A mon avis ce serait quand même une bonne idée, Bill.

– Je veux bien être pendu si je le fais ; et j'ai mes raisons.

Malgré lui, Gillespie avait élevé la voix.

– Frank, il faut que j'y aille maintenant. Je vous

promets de rappeler dès que j'aurai d'autres informations.

– Bon, bon d'accord, Bill.

Schubert raccrocha.

Gillespie réalisa que le maire, lui aussi, commençait à perdre patience. Et si Frank Schubert se fâchait, lui-même n'en aurait plus pour longtemps à être inspecteur de police.

Il appuya sur l'interphone.

– Où est Virgil ? demanda-t-il.

– Il est sorti, répondit Pete. Il a reçu un coup de fil d'un révérend Je-ne-sais-quoi et il a fichu le camp à toute allure. Vous vouliez le voir ?

– Plus tard, fit Gillespie.

Il coupa. Toutes sortes d'émotions contradictoires se disputaient en lui. Il se leva, mit son chapeau en vitesse et rejoignit sa voiture. Il allait au moins régler une question et aller à la banque pour voir Jennings.

Celui-ci le reçut avec courtoisie et envoya immédiatement chercher le dossier de Sam Wood. Gillespie constata avec plaisir que sa parole et sa présence avaient tout de même un certain poids dans cette ville qu'il commençait à détester cordialement. Lorsqu'on lui remit le dossier, Jennings le consulta sans mot dire et le garda un moment.

– Mr Wood a un compte chez nous depuis plusieurs années, dit-il alors. Il n'y a jamais plus de quelques centaines de dollars. Il a eu deux fois un découvert mais a fait le nécessaire assez vite pour réapprovisionner son compte. Depuis quelque temps, ses dépôts et ses retraits sont réguliers.

– Avez-vous remarqué autre chose ? questionna Gillespie avec impatience.

– J'y arrivais, riposta Jennings sans se troubler. Il

y a deux jours, Mr Wood est venu solder l'hypothèque sur sa maison. C'est une petite maison, et il ne devait qu'une somme minime. Il a déposé un chèque en disant qu'il s'agissait d'un héritage, qu'il l'avait reçu par la poste, ainsi qu'un peu plus de six cents dollars en espèces.

– Six cents dollars en espèces ! répéta Gillespie. Ça me paraît un peu bizarre.

– Oui et non, répondit le banquier. Il y a encore pas mal de gens qui gardent leurs économies sous le matelas ou dans des bocaux, bien que cet argent se dévalue de cette façon.

– Mais ils ne font pas ça quand ils ont des comptes en banque depuis plusieurs années, fit Gillespie.

Il commençait à comprendre l'importance de cette information. Il avait tenté une passe risquée, mais le ballon venait de lui rebondir dans les mains.

Sam Wood se faisait un devoir de passer au poste chaque jour vers 4 heures. Ce jour-là, il n'en avait pas envie mais il s'y sentait obligé, ne serait-ce que pour sauver les apparences. Pendant la dernière partie de la nuit, quand il s'était retrouvé seul, il s'était rendu compte qu'il avait été injuste envers son équipier indésirable. Il avait passé un temps fou à essayer de savoir comment Tibbs avait deviné sa petite supercherie. Ce qui était sûr c'est qu'il avait deviné, et Sam ne tenait pas à se retrouver en face de lui.

En entrant, Sam vit Eric Kaufmann en conversation avec Pete, près du bureau. Kaufmann avait à la main un petit revolver dont Pete semblait noter la marque et le numéro de série.

Kaufmann se retourna, vit Sam et s'approcha.

– Est-ce que vous avez un moment ? demanda-t-il. J'en ai pour deux minutes...

– Certainement.

Sam s'assit sur un banc près du mur, suffisamment à l'écart. Peu après, Kaufmann glissa le revolver dans sa poche et vint s'asseoir à côté de Sam.

– Tout d'abord, commença-t-il, je voudrais mettre les choses au clair avec vous. Je suis vraiment désolé de m'être montré si désagréable, l'autre nuit. J'étais inquiet et contrarié, mais ce n'est pas une excuse.

– N'en parlons plus, dit poliment Sam.

– Quand j'y ai réfléchi après, je me suis rendu compte que c'était vraiment très aimable de votre part de remonter jusque chez les Endicott pour voir si tout allait bien. Sachez que Duena et moi vous en sommes très reconnaissants.

Cette dernière phrase fit à Sam l'effet d'un violent coup de poing dans l'estomac. Il resta un moment sans rien dire.

– Ensuite j'ai réfléchi, reprit Kaufmann, et j'ai eu l'idée de venir demander un permis de port d'armes.

– Vous savez vous servir d'un revolver ? demanda Sam.

– Pas très bien. Mais je n'ai pas vraiment l'intention de m'en servir en fait. Je veux seulement pouvoir le braquer sur quelqu'un, en cas de besoin. C'est tout ce que je veux en faire, jusqu'à ce que cette affaire soit réglée. Je suppose que l'enquête avance.

– Je n'ai pas le droit d'en parler, répondit Sam.

Il tenait à rester prudent.

– Je comprends. Ah ! Avant que j'oublie : Duena m'a chargé de vous remercier pour votre gentillesse, le jour où son père a été tué. Elle n'est pas encore complètement remise, mais elle remonte la pente plus vite qu'on n'aurait pu le croire. Si vous la connaissiez comme moi, vous sauriez que c'est quelqu'un de formidable.

– Je n'en doute pas, fit Sam, convaincu.

Là-dessus, il jugea qu'il ferait aussi bien de sauter le pas.

– Je suis surpris que vous ne l'ayez pas épousée.

– C'est mon vœu le plus cher, répondit Kaufmann. Je crois que ça aurait pu se faire, sans ce terrible événement. Quand cette affaire sera terminée et que nous pourrons partir, elle acceptera peut-être.

– Vous avez certainement de bonnes chances, dit Sam, qui se torturait délibérément.

– Je l'espère.

– Eh bien, je vous le souhaite, mentit Sam d'un ton cordial.

Il lui tendit la main ; Kaufmann, malgré tout, lui déplaisait moins, ce jour-là. C'était agréable de trouver les gens sympathiques et de sentir leur sympathie en retour. Il jeta un coup d'œil circulaire, pour voir si Virgil Tibbs était dans les parages.

Pete surprit son regard et l'appela.

– Le chef veut te voir.

– J'y vais, répondit Sam.

Il se dirigea vers le couloir qui menait au bureau de Gillespie. Au passage, il entra un moment dans les toilettes pour se lisser les cheveux et rentrer sa chemise. Il avait beau ne pas éprouver beaucoup de respect pour son chef, il tenait, quand il entrait dans son bureau, à donner l'image du policier compétent et sérieux. Il reprit le couloir et frappa discrètement à la porte.

Il était près de 6 heures quand Virgil Tibbs ayant arrêté sa voiture au parking du poste, s'en extirpa avec lassitude. Avant de refermer la portière, il prit quelque chose à l'intérieur. Puis il monta l'escalier et pénétra dans le vestibule.

Le policier de garde leva les yeux à son entrée.

– C'est pour quoi ? demanda-t-il.

– Est-ce que l'inspecteur Gillespie est encore là, par hasard ?

– Oui il est là. Mais je crois pas qu'il veuille être dérangé pour le moment.

– Il y a quelqu'un avec lui ?

– Non, mais, si vous voulez le voir, vous avez intérêt à ce que ce soit important.

– Voulez-vous lui dire que je suis là et que je désire le voir ?

L'autre prit tout son temps pour manipuler l'interphone.

– Virgil est ici, dit-il. Je lui ai conseillé de ne pas vous déranger, mais il insiste pour vous voir.

– Qu'il vienne, fit la voix de Gillespie.

– Allez-y, fit l'homme.

Et il se replongea dans son journal.

Tibbs suivit le couloir et frappa à la porte de Gillespie.

Sa voix lui parvint à travers le battant.

– J'ai dit que vous pouviez entrer.

Tibbs entra sans bruit. En voyant le colosse derrière son bureau, il comprit tout de suite qu'il venait d'avoir un sacré choc.

– Alors ? Qu'est-ce qu'il y a de si important, Virgil ? demanda Gillespie.

Sa voix manquait d'ardeur. Il parlait comme

quelqu'un qui aurait pris une décision énergique et audacieuse et qui se demanderait s'il a bien fait.

Tibbs posa un morceau de bois sur le bureau de Gillespie. C'était un petit rondin rugueux, de cinq ou six centimètres de diamètre, d'un peu plus de cinquante centimètres. Gillespie l'examina sans mot dire.

– Qu'est-ce que vous voulez que je fasse de ça ? demanda-t-il enfin.

– C'est l'arme du crime, déclara Virgil.

Gillespie prit le morceau de bois et l'examina avec curiosité. L'une des extrémités portait des taches sinistrement caractéristiques. Il le tourna et le retourna dans ses mains, puis en examina la tranche pour voir s'il était droit.

– Comment est-ce que vous l'avez trouvé ? demanda-t-il.

– On m'a un peu aidé, reconnut Tibbs.

Il attendit d'autres questions.

Gillespie continuait à manipuler le morceau de bois. Voyant qu'il ne disait rien, Tibbs demanda :

– Est-ce qu'il y a quelque chose qui ne va pas ?

– Je vous ai dit l'autre fois que nous étions parfaitement capables ici, de mener nos propres affaires. Notez bien que j'apprécie que vous m'ayez apporté ceci ; et votre rapport sur l'examen du corps de Mantoli était tout à fait satisfaisant. Mais il vaut mieux que je vous mette au courant... J'ai arrêté personnellement, il y a une heure environ, le meurtrier de Mantoli.

Il entendit Tibbs reprendre son souffle.

– Pouvez-vous me dire... commença le Noir.

– Qui c'est ? acheva Gillespie.

– ... si vous avez obtenu des aveux ? corrigea Tibbs.

– Non. Il a protesté de son innocence, naturellement.

Gillespie s'interrompit, et reprit le morceau de bois.

– Mais c'est lui le coupable. Je le sais.

Il continuait à examiner l'objet et à le soupeser.

– A quelles conclusions en êtes-vous arrivé avec ceci, Virgil ? demanda-t-il.

– Il serait plus juste de dire que ceci n'a fait que confirmer ce que je savais déjà, inspecteur.

– C'est-à-dire ?

– L'identité du meurtrier, répondit Tibbs.

Gillespie reposa le morceau de bois sur son bureau.

– Hem. Eh bien, je vous ai battu d'une longueur. Et maintenant, si vous voulez voir votre ami Sam, vous le trouverez dans la première cellule.

Virgil Tibbs considéra Gillespie avec une stupeur mêlée d'incrédulité. Puis il se tourna un moment vers la fenêtre, le temps de réfléchir.

– Sam Wood ? demanda-t-il, comme si l'idée le dépassait.

– Exactement. Sam Wood.

Tibbs, sans mot dire, se laissa tomber dans un fauteuil, en face de Gillespie.

– Inspecteur, dit-il en prenant soin de peser ses mots, je sais que ce que je vais vous dire va vous déplaire, mais je ne peux pas faire autrement. Mr Wood ne peut absolument pas être le coupable. Pensez aux conséquences que cela pourra avoir sur votre carrière, si vous ne le relâchez pas.

Il s'interrompit, et fixa Gillespie de ses yeux sombres.

– Voyez-vous, inspecteur, je sais de façon certaine, que vous avez arrêté un innocent.

10

Quand il était enfant, Bill Gillespie avait toujours dominé en taille ses camarades de classe et les autres enfants qu'il connaissait, si bien que c'était toujours lui qui décidait de leurs jeux et qui imposait sa volonté. Il faut dire aussi à son crédit qu'il n'abusa jamais de sa force pour tyranniser les autres et qu'il ne se vengeait pas systématiquement sur ceux qui n'étaient pas de son avis. Mais le fait que c'était lui qui commandait toujours l'empêcha très tôt de pratiquer une discipline très importante : la diplomatie. Il en avait conscience et de temps en temps cela le tracassait.

Mais la nuit qui suivit l'arrestation de Sam Wood sous l'inculpation de meurtre, cela le tracassa terriblement. Il se tourna et se retourna dans son lit, bourra de coups de poing ses oreillers, qui cédèrent mais ne l'aidèrent pas beaucoup. Il finit par se lever pour se faire du café. Il ne cessait de revoir en esprit la scène qui s'était déroulée dans son bureau : personne ne lui avait jamais tenu tête comme l'avait fait Sam Wood, et il l'admirait pour cela. C'était comme toujours lui, Gillespie, qui avait eu le dernier mot, mais les doutes assaillaient maintenant son esprit. C'était l'insistance de Tibbs à affirmer l'innocence de Sam Wood qui en était à l'origine. Gillespie, il l'avait assez montré, ne voulait pas attacher d'importance à l'opinion de Tibbs, mais il savait que Tibbs était réputé pour ne pas se tromper.

Tout ce que Gillespie demandait – il en était presque à prier pour ça – c'était une seule bonne preuve, une preuve concrète, de ce qu'il avançait. Il n'avait pas beaucoup d'estime pour Sam Wood en tant que policier, mais il avait une certaine sympathie pour lui. Seulement il avait horreur des meurtriers, et Sam Wood, il en était convaincu, était un meurtrier.

Pourtant, Sam avait protesté de toutes ses forces contre cette accusation, et Virgil Tibbs l'avait soutenu. Gillespie retourna se coucher mais ne dormit pas du sommeil du juste. Le lendemain matin, il ne se sentait pas mieux et il se rendit à son bureau en regrettant pour la première fois, d'avoir un jour accepté ce poste pour lequel il n'était pas vraiment qualifié.

En traversant le vestibule, il sentit une certaine tension dans l'atmosphère. Pete le salua respectueusement comme d'habitude, mais ce qu'il lui dit n'était que du vent. Gillespie s'installa à son bureau l'air très affairé et entreprit de dépouiller le courrier. Pendant qu'il lisait, une idée se formait dans son esprit : il allait réexaminer ce qu'il avait comme preuves et s'il trouvait une justification quelconque en faveur de Sam Wood, il penserait éventuellement à le libérer. Il savait qu'en réalité, il n'en ferait rien, à moins d'un imprévu dans un sens ou dans l'autre, mais ce sentiment qu'il était impartial soulageait sa conscience.

Il ne tarda pas à se rendre compte qu'il se passait

quelque chose à l'entrée. Il entendait parler et crut même entendre son nom à lui. Il aurait bien voulu sortir et aller voir de quoi il s'agissait, mais la dignité de ses fonctions exigeait qu'on vienne l'informer.

Il n'eut pas longtemps à attendre. Arnold parut sur le seuil, attendit, puis entra.

– Monsieur, dit-il, nous venons de recevoir une plainte dont vous devriez prendre connaissance, je crois. J'en suis sûr, en fait. Voulez-vous que je fasse entrer ces personnes ?

Gillespie acquiesça d'un signe. Il entendit des bruits de pas confus dans le couloir et deux personnes furent introduites dans son bureau. Un homme décharné au visage maigre, quadrillé de petites rides. Il était en tenue de travail et gardait les épaules en avant dans une attitude de perpétuelle méfiance. Ses lunettes cerclées ajoutaient encore à la dureté de ses traits. Il avait les lèvres pincées, par la force de l'habitude. Gillespie se dit en le voyant, qu'il ne devait pas être commode quand il avait bu.

L'autre personne était une jeune fille de seize ou dix-sept ans, pour autant que pouvait en juger Gillespie. Elle portait une jupe et un petit pull qui accentuait la rondeur de ses formes. Elle était dans l'ensemble un peu trop rondelette, ce que soulignaient encore ses chaussures à talons plats, mais chaque partie de son corps était mise en valeur. Ses vêtements étaient bien trop étroits et ses seins jaillissaient avec une insolence telle que le regard ne pouvait guère les éviter. Gillespie pensa qu'elle allait certainement mal tourner, si ce n'était pas déjà fait.

– C'est vous, l'inspecteur Gillespie ? demanda l'homme.

Ces quelques mots témoignaient de son manque

d'éducation et confirmaient Gillespie dans son sentiment de supériorité vis-à-vis de cet homme.

– En effet, dit-il. Que voulez-vous ?

– Je m'appelle Purdy. Ça, c'est ma fille, Delores.

A ces mots, Delores eut un grand sourire qui se voulait captivant et plein de sous-entendus. Gillespie se tourna vers le père.

– On l'a mise dans le pétrin, chef. C'est pour ça qu'on est là.

– Le pétrin habituel ?

– Ce que je veux dire, c'est qu'elle va avoir un môme. C'est ça, le pétrin.

Gillespie se tourna vers la fille.

– Quel âge avez-vous, Delores ?

– Seize ans, fit-elle d'un ton traînant, en lui souriant.

Son père lui mit une main sur l'épaule.

– C'est pas tout à fait ça. Vous comprenez, Delores, elle a été malade un temps et elle a pris du retard à l'école. Les autres gosses, c'est des carnes, quand elles en voient une qu'est pas aussi avancée qu'elle devrait. Alors, quand on est venu ici, y aura bientôt un an, on a fait croire que Delores, elle avait quinze ans. En vrai, elle en avait dix-sept, donc ça lui en fait dix-huit maintenant.

– Ça change tout, expliqua Gillespie. Dans notre Etat, quand une fille de seize ans tombe enceinte, il s'agit de détournement de mineure, même si elle était consentante.

– Pas si elle est mariée, intervint Purdy.

– Pas si elle est mariée, en effet. Mais, si elle a dix-huit ans ou plus et si elle est consentante, on parle de mœurs dissolues, ce qui est un délit beaucoup moins grave.

Le visage de Purdy se durcit. On aurait dit qu'il tendait l'oreille vers un bruit lointain.

– Et alors, si un gars emmène une fille innocente, comme ma Delores et qu'il lui dise des mots doux pour lui faire faire ce qu'il faut pas, c'est pas du détournement, ça ?

Gillespie secoua la tête.

– C'est de l'incitation à la débauche : un délit grave, mais moins que le viol. Le détournement de mineure se place au même rang que le meurtre, le vol à main armée et autres crimes, parmi les plus graves qui puissent exister. Si vous vous asseyiez tous les deux, pour me raconter exactement ce qui s'est passé ?

Arnold comprit et disparut. Tandis que Purdy et sa fille s'installaient dans les fauteuils, l'interphone grésilla. Gillespie prit le message.

– Virgil est dans le vestibule, chef. Il voudrait savoir si vous lui permettez d'assister à l'entretien. Il dit que c'est important pour son enquête.

Gillespie était déjà prêt à répondre non. Mais il lui vint une idée assez sadique : il se demanda ce que ça ferait à Purdy de raconter devant un Noir les déboires de sa fille. Purdy avait interrompu Gillespie pendant qu'il lui expliquait la loi, et Gillespie n'avait pas tellement apprécié.

– Qu'il vienne, dit-il.

Tibbs entra aussi silencieusement que possible et s'assit sur la banquette, comme s'il était là pour attendre des ordres.

– Dites-lui de ficher le camp, fit Purdy. Je veux pas parler de ça devant un Noir.

– Si je veux qu'il reste, il restera, déclara Gillespie. Et maintenant, oubliez-le et allez-y avec votre histoire.

Mais Purdy refusa.

– Qu'il fiche d'abord le camp, exigea-t-il.

A la grande surprise de Gillespie, Tibbs se leva calmement et se dirigea vers la porte. Gillespie lui lança un regard étincelant et Tibbs dit rapidement :

– J'ai oublié quelque chose. Je reviens tout de suite.

Profitant de ce que Purdy ne le regardait plus, Tibbs désigna d'un geste muet l'interphone. Puis il sortit en refermant la porte derrière lui. Le dilemme ainsi résolu sans qu'il ait perdu la face, Gillespie remua quelques papiers sur son bureau, ouvrit un tiroir, jeta un regard à l'intérieur et tourna enfin le bouton de l'interphone. Puis il se renversa dans son fauteuil.

– Ça va, dit-il. Nous sommes seuls. Maintenant racontez-moi ce qui se passe.

– Eh ben, ma Delores, c'est une brave fille, elle a jamais rien fait de mal, à part des bêtises de gosse. Et voilà, sans que je sois au courant, elle rencontre le type en question, qui a deux fois son âge. Il est pas marié, et le voilà qui cherche à se mettre bien avec elle.

– Et pourquoi est-ce que vous n'avez rien fait ? demanda Gillespie.

Purdy répondit d'un ton aigre :

– Je travaille toute la nuit moi, m'sieur. J'ai pas les moyens de rester chez moi pour m'occuper des mômes et voir ce qu'ils font à chaque instant. En plus, Delores, elle m'a rien dit de tout ça jusqu'à ce que ça soit fait.

– C'était un chic type, c'est sûr, intervint Delores. Moi, j'y voyais rien de mal. Il était gentil avec moi.

– Venons-en aux faits, dit Gillespie. Quand est-ce arrivé ?

– Un soir, très tard. La patronne roupillait, normal, et Delores, elle est sortie de son plumard pour aller voir ce type et c'est comme ça qu'il l'a eue.

Gillespie se tourna vers la fille.

– Dites-moi exactement ce qui s'est passé.

Delores fit de son mieux pour prendre un air timide ; l'imitation était assez réussie.

– Eh ben, comme dit p'pa, il a été bien gentil avec moi. On a causé, et puis on s'est assis tout près l'un de l'autre, et puis...

A court de mots, elle s'interrompit.

Gillespie prit un crayon et en tapota son bureau.

– Je voudrais que vous me disiez une chose, insista-t-il. Est-ce que cet homme vous a forcée et est-ce que vous avez dû vous défendre, ou bien est-ce qu'il est simplement allé plus loin qu'il n'aurait voulu ?

Delores hésita longtemps, suffisamment pour donner à Gillespie la réponse qu'il attendait :

– J'ai pas tout bien compris sur le moment, dit-elle enfin.

Gillespie se détendit un peu.

– Très bien, Delores, cet homme vous a fait du tort, et nous allons l'arrêter. Nous pouvons l'inculper d'incitation de mineure à la débauche, ce qui n'est déjà pas si mal. Et maintenant, qu'est-ce que vous pouvez me dire sur lui ?

Purdy ne put se contenir plus longtemps.

– Vous le connaissez bien, explosa-t-il. C'est pour ça qu'on voulait vous voir en personne. C'est ce flic que vous faites patrouiller la nuit, et qu'est censé protéger les femmes. Et je sais son nom... Sam Wood, qu'il s'appelle.

Quand Bill Gillespie se retrouva seul, il donna ses ordres à l'interphone.

– Envoyez-moi Virgil.

– Il n'est pas là, répondit la voix de Pete.

– Et où est-ce qu'il est, bon Dieu ? répondit Gillespie. Je croyais qu'il écoutait à l'interphone.

– Oui, chef, c'est ce qu'il a fait. Mais juste à la fin il a dit qu'il avait vraiment été complètement idiot, ou quelque chose dans le genre, et il a fichu le camp.

– C'est tout ?

– Oui, chef, sauf qu'avant de partir, il a passé un coup de téléphone ; très court.

En disant cela, Pete mentait à son chef. Ce n'était pas très grave comme mensonge, et Pete pensait en fait que c'était plutôt une bonne action. Avant de quitter précipitamment le poste, Tibbs ne s'était arrêté que pour dire brièvement :

– Dites à Sam Wood de ne pas s'en faire.

En une seconde Pete avait décidé de ne pas répéter ça à Gillespie. Il n'avait pas envie que ça chauffe pour son matricule.

La vieille voiture que Jess le mécano avait prêtée à Virgil Tibbs avait un bon moteur mais pas très puissant. Elle avait donc un peu de mal à grimper la route en lacet qui menait chez les Endicott. Quand elle arriva enfin, tout en haut, le radiateur donnait des signes de fatigue. Tibbs se gara sur le petit terre-plein aménagé près de la maison, serra bien le frein et descendit. Lorsqu'il eut sonné, ce fut George Endicott qui vint lui ouvrir.

– Entrez, Mr Tibbs, dit-il.

Il était courtois sans être trop cordial. Il guida

Virgil jusqu'au magnifique salon, s'assit et l'invita d'un geste à en faire autant.

– A quel sujet vouliez-vous me voir ? demanda-t-il.

– J'aimerais vous poser quelques questions auxquelles j'aurais dû penser depuis longtemps, répondit Tibbs. A cause de certains événements qui viennent de se passer en ville, cela devient maintenant très urgent. Voilà pourquoi j'ai demandé à vous voir sans trop attendre.

– Entendu. Eh bien, posez-moi vos questions, j'essaierai d'y répondre de mon mieux.

– Merci, monsieur ; voilà : la nuit où le maestro Mantoli a été tué, je crois savoir qu'il avait passé ici même une partie de la soirée ; est-ce exact ?

– C'est exact, dit Endicott.

– Quelle a été la première personne à quitter cette maison ?

– Mr Kaufmann.

– A quelle heure est-il parti ?

– Vers 10 heures à peu près.

Endicott réfléchit un moment.

– Je ne pourrais pas être plus précis. Je crois que personne ne faisait très attention à l'heure. Nous étions trop absorbés par d'autres préoccupations.

– Qui y avait-il exactement ici, ce soir-là ?

– Il y avait Enrico... c'est-à-dire le maestro Mantoli... sa fille, Mrs Endicott et moi-même, et Mr Kaufmann.

Virgil Tibbs se pencha en avant en croisant les doigts très serrés et en les regardant fixement, tandis qu'il posait la question suivante.

– Pouvez-vous me donner une idée de l'heure à laquelle le maestro Mantoli est parti ?

– 11 heures, 11 h 30, répondit Endicott.

Tibbs marqua une pause.

– Et comment est-il allé en ville ?

Cette fois, Endicott hésita avant de répondre.

– C'est moi qui l'ai conduit, dit-il enfin.

– Vous n'étiez que tous les deux ?

– Oui. Quand nous sommes partis, les dames sont rentrées dans leur chambre.

– D'accord. Et vers quelle heure êtes-vous revenu ici ?

– Une heure après environ. Je ne peux pas vous dire à quelle heure exactement. Comme je vous l'ai dit nous avions d'autres sujets de préoccupation.

– Où avez-vous déposé Mr Mantoli ?

Endicott commençait à montrer de légers signes d'impatience.

– A son hôtel. Nous lui avions offert de le loger ici ; mais avec sa délicatesse habituelle, il avait refusé ; il savait que s'il acceptait, Mrs Endicott et moi-même serions obligés de lui donner notre chambre. Nous avons bien une chambre d'amis mais c'était sa fille qui l'occupait, donc il a préféré descendre à l'hôtel, bien que ce soit vraiment un établissement de second ordre.

– Entre le moment où vous êtes partis et celui où vous êtes revenu, avez-vous rencontré ou vu quelqu'un ?

Endicott le fixa un moment.

– Mr Tibbs, je ne suis pas sûr d'apprécier le ton de cette question. Etes-vous en train de me demander un alibi ? De suggérer que j'ai pu tuer un ami intime et très cher ?

Virgil Tibbs serra ses mains plus fort l'une contre l'autre.

– Mr Endicott, je ne suggère rien. Je cherche purement et simplement des renseignements. Si vous aviez vu quelqu'un quand vous étiez en ville, cela pourrait nous fournir un indice sur l'identité du coupable.

Endicott contemplait, par la grande baie vitrée, l'extraordinaire panorama des montagnes, au loin.

– Je comprends, veuillez m'excuser, dit-il enfin. Il faut bien que vous examiniez toutes les éventualités, je le sais.

Ils furent interrompus par l'entrée de Grace Endicott et de Duena Mantoli. Ils se levèrent, et échangèrent les habituelles formules de politesse. Tibbs remarqua que la jeune fille paraissait avoir retrouvé son équilibre, et la crainte avait disparu dans le regard clair qu'elle posait sur lui.

Quand ils se furent tous assis, Grace Endicott demanda :

– Est-ce que votre enquête progresse ?

– Je le pense, madame, répondit Tibbs, surtout aujourd'hui. Mais comment et quand une enquête progresse, c'est toujours difficile à déterminer. On peut travailler pendant des semaines sur une piste pour découvrir à la fin que c'est une impasse. On n'est jamais sûr de rien jusqu'à ce qu'on ait la preuve ultime non seulement de l'identité du coupable, mais surtout de sa culpabilité.

– Nous apprécions tous la théorie, interrompit George Endicott, mais pour l'instant, ce qui nous intéresse le plus ce sont les faits. Quand est-ce que vous allez pouvoir arrêter le coupable ?

Virgil Tibbs gardait les yeux fixés sur ses mains.

– Il a déjà été arrêté, dit-il. Mais ce n'est pas le vrai coupable, j'en suis certain.

– Mais alors, pourquoi l'a-t-on arrêté ? questionna Endicott.

Tibbs leva les yeux.

– Parce que l'inspecteur Gillespie ne me fait pas assez confiance pour le relâcher.

– Qui est-ce ? demanda Grace Endicott. Est-ce que nous le connaissons ?

– Oui vous le connaissez, madame. C'est l'agent Wood. Il était avec moi, la dernière fois que je suis venu.

Duena Mantoli se redressa brusquement sur son siège.

– Vous parlez de cet homme très grand, qui a été si gentil avec moi, le jour...

– Oui, c'est lui, mademoiselle.

– Il est accusé...

Elle hésita, dut faire un effort pour terminer sa phrase.

– ... d'avoir tué mon père ?

– Oui et pas seulement, répondit Tibbs. Mais bien que personne pour l'instant ne soit d'accord avec moi, je suis absolument persuadé qu'il est innocent.

– Dans ce cas, pourquoi ne pas le prouver ? demanda Endicott.

Quand Tibbs releva la tête, il y avait une sorte de flamme dans ses yeux. Endicott en fut stupéfait.

– C'est justement ce que j'essaie de faire, répondit Tibbs, et c'est pourquoi je vous ai posé toutes ces questions.

Endicott se leva et alla jusqu'à la fenêtre. Le silence tomba dans la pièce ; au bout d'un moment il demanda, sans se retourner :

– Est-ce que Gillespie vous laissera démontrer son innocence ?

– Pour l'instant, répondit Tibbs d'un ton calme, mon rôle consiste à le protéger de ses propres erreurs. Et l'arrestation de Sam Wood en est une.

Après, je vais lui livrer le responsable de toute cette affaire, de telle façon qu'il sera forcé de reconnaître la vérité. Ensuite, je vais rentrer chez moi, où j'ai le droit de me promener tranquillement.

Endicott se retourna.

– Mr Tibbs, après que nous sommes partis d'ici, je n'ai vu personne, et je pense que le maestro non plus. Du moins jusqu'au moment où je l'ai laissé devant son hôtel. Je lui ai souhaité une bonne nuit et je suis remonté ici. A ma connaissance, personne ne peut prouver ce que je dis, mais c'est comme ça que les choses se sont passées.

– Je vous remercie, fit Tibbs. J'ai encore quelques questions – très peu – à vous poser et je vous demanderai de bien peser vos réponses. Cela peut avoir une importance vitale. Tout d'abord, on m'a dit que Mr Mantoli avait souvent sur lui de grosses sommes d'argent. Savez-vous si c'était le cas... la dernière fois que vous l'avez vu ?

– Je n'en ai pas la moindre idée. En réalité, Enrico n'avait jamais sur lui ce qu'on pourrait appeler des sommes importantes. Il lui arrivait d'avoir plusieurs centaines de dollars dans son portefeuille, mais pas vraiment plus, que je sache.

– Est-ce que c'était quelqu'un d'impulsif ?

– C'est difficile à dire, répondit Endicott.

– Je crois que oui, déclara à brûle-pourpoint Duena. Il lui arrivait de prendre une décision sous une impulsion, et d'ailleurs, en général, il ne se trompait pas. Si par impulsif vous vouliez dire coléreux, la réponse est « non ».

Ce fut à elle que Tibbs posa la question suivante :

– Miss Mantoli, est-ce que votre père se faisait facilement des amis ?

– Tout le monde l'aimait, répondit Duena.

Au même instant, chacun pensa qu'apparemment, une personne au moins n'avait pas partagé ce sentiment. Mais personne n'en dit rien.

– Une dernière question, reprit Tibbs en s'adressant toujours à la jeune fille. Si j'avais eu l'honneur d'être présenté à votre père, pensez-vous que je lui aurais plu ?

La jeune fille releva le menton ; elle acceptait le défi.

– Oui, j'en suis sûre. Je n'ai jamais connu personne qui ait aussi peu de préjugés.

Tibbs se leva.

– Je vous remercie, sachez que vous m'avez été d'une aide précieuse. Je pense que vous verrez pourquoi d'ici peu.

– Voilà qui fait plaisir à entendre, fit Endicott.

La jeune fille se leva à son tour.

– Je voudrais descendre en ville, dit-elle. Peut-être Mr Tibbs aurait-il l'amabilité de m'emmener.

– Ma voiture est toute simple, répondit-il, mais elle est à votre disposition.

– Voulez-vous m'attendre un instant, je vous prie, demanda-t-elle.

Et elle disparut, sans autre explication.

Lorsqu'elle revint, au moment où ils allaient partir, George Endicott se frotta le menton en réfléchissant et dit :

– Comment comptez-vous rentrer ?

– Si je ne trouve personne pour me ramener, je vous appellerai.

– Vous êtes sûre que vous ne risquez rien ?

– Si j'ai besoin d'aide, je demanderai à Mr Tibbs.

Tibbs aida la jeune fille à monter en voiture, puis monta à son tour et démarra. Duena, pendant le moment où elle s'était absentée, avait changé de robe et mis un chapeau exquisément féminin. Tibbs la trouvait absolument irrésistible mais surtout, il sentait qu'elle avait quelque chose derrière la tête. Sa mâchoire était crispée, et elle ne se détendit que lorsqu'ils arrivèrent dans le centre ville.

– Où est-ce que vous voulez aller ? demanda Tibbs.

– Au commissariat, dit-elle.

– Vous êtes sûre que c'est une bonne idée ?

– Absolument sûre.

Tibbs ne dit plus rien et continua jusqu'au parking. Il monta avec elle l'escalier qui menait à l'entrée. Là, elle se dirigea vers le bureau.

– J'aimerais voir Mr Wood, dit-elle.

Pete fut pris au dépourvu.

– Mr Wood n'est pas de service pour le moment, fit-il, pour gagner du temps.

– Je le sais, répliqua Duena Mantoli. Il est en prison. Je voudrais le voir.

Pete tendit la main vers l'interphone.

– Une jeune femme demande à voir Sam, déclara-t-il. Et Virgil vient d'arriver.

– Qui est-ce ? demanda la voix de Gillespie.

– Je suis Duena Mantoli, souffla la jeune fille. Dites-lui que Mr Tibbs a eu l'amabilité de m'accompagner.

Pete transmit à l'interphone.

– Je regrette. Il vaut mieux qu'elle ne le voie pas, répondit Gillespie.

– Qui était-ce ? demanda Duena Mantoli.

– L'inspecteur Gillespie.

Le visage de Duena se durcit.

– Conduisez-moi dans son bureau, je vous prie. S'il refuse de me recevoir, j'appellerai le maire.

Pete l'accompagna dans le couloir, jusqu'au bureau de Gillespie.

Sam Wood avait atteint le point où tout en lui avait capitulé. Il n'éprouvait plus ni colère, ni révolte, ni désespoir ; toutes ces émotions et l'amère déception qui l'avaient torturé quand il s'était retrouvé seul avaient laissé place à une immense fatigue. Il était désormais indifférent à tout. Il n'envisageait pas une seconde qu'on puisse le déclarer coupable, mais sa carrière de policier était terminée ; jamais il ne pourrait la reprendre. Un peu avant l'heure du déjeuner, lorsque Gillespie s'était absenté, Arnold était passé le mettre au courant des derniers événements. Sam savait maintenant qu'on l'accusait de détournement de mineure en même temps que de meurtre. Pour lui, la coupe était pleine.

Il était assis la tête basse, les avant-bras calés sur ses genoux. Ce n'était pas l'attitude de la honte ni de la défaite ; c'était l'attitude de l'épuisement. Il était épuisé à force de réfléchir et d'essayer de contrôler les mouvements de son esprit et de son corps. Pete s'approcha des barreaux.

– Tu as de la visite, annonça-t-il.

– Mon avocat ?

– Il n'est toujours pas rentré ; on l'attend pour ce soir. Non, c'est quelqu'un d'autre.

Pete tourna la clé dans la serrure et entrouvrit la porte. Sam le regardait faire sans beaucoup d'intérêt, quand tout d'un coup son cœur fit un bond. Duena Mantoli pénétrait dans la cellule triste et dépouillée. Profondément gêné, Sam se leva. Il n'était pas rasé, son col de chemise était ouvert et il n'avait pas de cravate. Ces petits détails le troublaient plus à cet instant que les accusations qui pesaient sur lui.

– Bonjour, Mr Wood. Je vous en prie, asseyez-vous, dit Duena Mantoli d'un ton calme.

Complètement interdit, Sam se rassit sur la planche dure qui servait de lit et Duena s'assit, droite et gracieuse, à un mètre de lui. Sam se taisait : il n'était sûr ni de sa voix ni du reste.

– Mr Wood, déclara Duena, d'une voix claire, sans émotion apparente, on m'a dit que vous étiez accusé d'avoir tué mon père.

Sa lèvre inférieure trembla un moment, mais elle recouvra vite son sang-froid. Sa voix s'adoucit et perdit son intonation formelle.

– Je suis venue ici avec Mr Tibbs. Il m'a dit que ce n'était pas vous le coupable.

Sam s'agrippait de toutes ses forces au rebord de la couchette. Une fois de plus, son cerveau se révoltait et lui disait de se tourner vers elle, de la prendre dans ses bras, de la serrer contre lui. Il continua donc à se cramponner en se demandant si elle attendait une réponse.

– Ce n'est pas moi, dit-il les yeux fixés sur le sol de ciment.

– Je vous en prie, parlez-moi de la nuit où vous avez... trouvé mon père, demanda Duena.

Elle fixait, droit devant elle, le mur rugueux de la cellule.

– Je veux tout savoir, ajouta-t-elle.

– J'ai simplement...

Les mots échappaient à Sam.

– Je l'ai simplement trouvé, c'est tout. J'avais passé la nuit à faire ma ronde. Je me suis arrêté au restaurant, comme d'habitude, et ensuite j'ai repris la grand-route. C'est là que je l'ai trouvé.

Duena regardait toujours en face d'elle.

– Mr Wood, je pense que Mr Tibbs a raison ; moi non plus, je ne vous crois pas coupable.

Elle se tourna enfin et regarda Sam.

– La première fois que je vous ai vu, j'étais encore sous le choc... Mais j'ai tout de suite pensé que vous étiez un homme... bien. Je le pense toujours.

Sam la regarda.

– Vous voulez dire que vous me croyez vraiment innocent ?

– Il y a un moyen d'en être sûr, déclara Duena. Quelque chose de très simple. Vous voulez essayer ?

Sam se sentit renaître à la vie. Son esprit épuisé se ranimait ; il redevenait un homme. Il se tourna vers la jeune fille.

– Dites-moi ce qu'il faut faire ; je le ferai.

– Très bien ; alors levez-vous, commanda Duena.

Sam se mit debout. Il résista à l'envie de rentrer sa chemise, mais il regrettait toujours de n'avoir pas mis sa cravate. Il se sentait gauche, mal à l'aise.

En voyant la jeune fille se lever et s'approcher de lui, son cœur se mit à battre et un flot d'adrénaline l'envahit. Pour la première fois depuis très longtemps, il eut peur.

– Vous vous appelez Sam, n'est-ce pas ? demanda-t-elle. Je voudrais que vous m'appeliez par mon prénom, Duena.

– Oui, miss, répondit Sam, perplexe.

– Duena. Allez-y, dites-le.

– Duena, répéta docilement Sam.

– Prenez-moi dans vos bras, Sam, dit la jeune fille. Je veux que vous me serriez contre vous.

Le cerveau de Sam, qui n'avait pas cessé de dire « non » durant les dernières vingt-quatre heures, refusait de lui obéir. Voyant qu'il ne bougeait pas, la jeune fille renversa la tête en arrière ; de la main droite, elle ôta son chapeau, puis secoua ses cheveux qui retombèrent en vagues brunes sur sa nuque.

– Vous m'avez dit que vous le feriez, dit-elle d'un ton de défi. Alors, faites-le.

En disant cela, elle se rapprocha complètement de Sam et posa les mains sur ses épaules.

Sans réfléchir, sans plus penser à rien, il l'entoura de ses bras. Dans la confusion où il était, il n'avait plus conscience que de la tiédeur de son corps, qu'elle lui abandonnait, de sa beauté. Il aurait voulu ne plus jamais la lâcher. Les barreaux de la cellule avaient disparu, il se sentait invincible.

– Regardez-moi, dit Duena.

Il la regarda. Il avait tenu des femmes dans ses bras, mais rien, de toute sa vie, n'avait jamais ressemblé à l'émotion qui le submergeait maintenant.

– Et maintenant, reprit la jeune fille, je veux qu'en me regardant vous disiez : « Duena, je n'ai pas tué votre père. » Dites-le, ordonna-t-elle.

Sam, la gorge serrée, commença.

– Duena...

Il s'interrompit, essaya de nouveau :

– Duena, je n'ai pas tué votre père.

Il relâcha son étreinte, ses bras retombèrent. En dépit de sa force et de son courage, il avait tout d'un coup envie de pleurer. La réaction avait été trop violente.

Il restait là, essayant désespérément de reprendre ses esprits, quand il sentit les mains de la jeune fille serrer plus fort ses épaules, puis changer de place et remonter sur sa nuque.

– Je vous crois, dit Duena.

Et brusquement, avant d'avoir pu comprendre ce

qui lui arrivait, Duena attira son visage vers elle, il sentit contre lui la chaleur de son corps et enfin, le contact frais et en même temps électrisant de ses lèvres contre les siennes.

Il en fut comme paralysé, mais elle, déjà, se reprenait. Avec le plus grand calme, elle ramassa son chapeau, chercha du regard une glace dans la cellule puis reprit son petit sac sur la couchette.

– Que dois-je faire pour sortir ? demanda-t-elle.

Sam respira un grand coup et appela Pete.

Tout l'après-midi, Sam resta assis sans bouger, à vivre en pensée ces quelques petites minutes qui lui avaient donné une nouvelle raison de vivre. Il se prit même à espérer qu'il sortirait de cette épreuve non seulement disculpé mais respecté de tous. Il se sentait immensément fort de la confiance qu'elle avait en lui, en dépit de l'accusation que l'on portait contre lui. C'était la confiance de Duena qui allait le tirer de là.

C'est alors qu'il se rappela l'autre accusation. Il vit devant lui le corps épanoui de Delores Purdy, et son sourire narquois. Un monde la séparait de la jeune fille qu'il avait tenue dans ses bras tout à l'heure. Mais Delores prétendait qu'il l'avait séduite. Qu'allait penser Duena, en apprenant cela ?

Tous ses châteaux en Espagne se lézardèrent, et ne furent plus qu'un minuscule tas de sable.

11

Il faisait presque nuit quand Virgil Tibbs arriva dans la vieille voiture qu'on lui avait prêtée de chez Jess le mécano. Celui-ci était en train de travailler sur une énorme Lincoln climatisée, montée sur cales au fond du garage.

– J'ai besoin d'essence, Jess, dit Virgil, et au fait, je pense pouvoir vous rendre votre voiture demain.

– Vous nous quittez ? s'enquit Jess, en mettant la pompe en marche.

– Oui, je crois. Mais que cela reste entre nous. N'en parlez à personne.

Jess ajusta le tuyau et se mit à remplir le réservoir.

– Pas de danger.

– Belle voiture, fit Tibbs, avec un signe de tête vers la Lincoln. Comment se fait-il que vous travailliez là-dessus ?

– Voiture de touriste, répondit Jess laconiquement. Le garage de la grand-route les prend et me les donne à réparer. Je voudrais bien toucher ce qu'ils touchent, eux, pour le boulot que j'ai fait.

– Il faut bien qu'ils paient leurs frais généraux, lui fit remarquer Tibbs. S'ils sont sur la grand-route, ça doit faire pas mal.

Jess finit de remplir le réservoir.

– Attendez, dit-il.

Et il disparut dans son atelier. Deux minutes après, il revint.

– On aimerait bien que vous dîniez avec nous, dit-il de but en blanc.

– Merci infiniment, mais malheureusement je ne peux pas.

– J'ai un fils, expliqua Jess. Il a treize ans et il n'a jamais vu d'inspecteur comme vous en chair et en os. Je lui ai promis.

Sans mot dire, Tibbs descendit de voiture. Quelques instants plus tard, il était attablé devant un modeste dîner qu'on avait manifestement amélioré pour lui. A sa droite, Andy, le fils de Jess, observait chacun de ses gestes, à tel point qu'il se sentait gêné de manger. Finalement, l'enfant ne put se retenir plus longtemps et lui demanda d'une seule traite :

– Vous ne voudriez pas nous raconter votre première affaire ? lança-t-il.

Puis il attendit, les yeux brillants.

Tibbs s'exécuta.

– C'était une affaire de trafic de drogue. Quelque part, dans Pasadena, on passait et on vendait de petites capsules d'héroïne. J'ai été chargé de l'enquête avec plusieurs autres policiers.

– Vous étiez déjà inspecteur ? interrompit le jeune garçon.

– Non, pas encore. Mais j'avais cinq ans de service, et on a décidé de me donner ma chance. Et alors, un jour, à un stand de cireur de chaussures, dans le centre ville, il y avait un homme qui donc faisait cirer ses chaussures ; comme il avait fini de lire son journal il l'avait passé à un autre homme qui attendait son tour. Seulement, voilà : le premier homme avait des chaussures neuves qui n'avaient vraiment pas besoin d'être cirées.

– Et comment vous avez vu ça ?

– Parce que le cireur, c'était moi, expliqua Tibbs. Et que personne n'allait penser qu'un Noir qui faisait ce métier pouvait être un policier.

– Alors si vous aviez été blanc, vous auriez pas trouvé ! s'écria Andy.

– Tu as sans doute raison, acquiesça Tibbs. Enfin, on les aurait certainement pris tôt ou tard. Mais voilà, ça a été ma première affaire.

Andy revint à son assiette et s'efforça non sans mal de manger sans quitter des yeux leur prestigieux invité.

Le dîner terminé, Tibbs s'excusa en expliquant qu'il avait un travail urgent à terminer. La maison de Jess était à moins de deux cents mètres du garage où il avait laissé sa voiture ; il leur dit donc au revoir à la porte et s'engagea dans la rue obscure. Il réfléchissait à ce qui lui restait à faire. Ce ne serait ni agréable ni facile. Mais il l'avait appris depuis longtemps, s'il voulait continuer dans ce métier, il lui fallait vaincre les difficultés. Tout était plus compliqué ici, voilà tout. Il était en train de penser à cela quand il pressentit le danger mais... trop tard.

Il se retourna et se retrouva face à face avec deux hommes qui s'étaient glissés derrière lui. Au moment où ils se précipitaient sur lui, il vit que l'un d'eux allait le frapper avec une sorte de gros morceau de bois. Légèrement déséquilibré, Tibbs s'arcbouta de toutes ses forces au moment où l'homme s'abattait sur lui et d'un bond lui enfonça son épaule gauche sous l'aisselle. Le morceau de bois tomba avec un bruit sec. Tibbs attrapait alors le bras de son agresseur et se raidissant sur ses jambes le coinça par-dessus son épaule. Tout son poids basculé vers l'avant, Tibbs se renversa brusquement en arrière, faisant passer l'homme par-dessus son épaule, la tête en bas. Dans le même mouvement il lui tira violemment sur le poignet ; l'homme hurla, au moment où sa tête vint heurter le sol.

Immédiatement Tibbs se retourna pour affronter l'autre, une espèce de géant, mais maladroit et sans arme. L'homme serra les poings et fonça sur lui. Tibbs esquiva le premier coup, l'agrippa au poignet et fit un quart de tour sur la gauche. Emporté par son élan, l'autre s'enroula sur lui-même et tomba lourdement. Tibbs ramassa le rondin, qui ressemblait étrangement à l'arme du crime. En relevant la tête, il vit le fils de Jess, que le bruit avait alerté et qui le dévisageait avec une stupéfaction mêlée de frayeur.

– Andy, cours chercher ton père. Ensuite appelle la police et dis-leur de venir ici.

Andy s'en fut à toutes jambes. A mi-chemin il tomba sur son père et lui répéta le message. Un instant plus tard, Jess rejoignait Tibbs ; ses poings s'ouvraient et se refermaient rapidement, prêts à cogner.

– Ils m'ont attaqué, dit Tibbs. Aidez-moi à les surveiller.

Jess leur lança un coup d'œil.

– Bougez pas, vous deux ! ordonna-t-il.

Le premier gémissait tout bas ; son bras droit faisait un angle bizarre. Andy revint en courant.

– Ils arrivent, déclara-t-il. Je leur ai dit que deux hommes avaient attaqué Mr Tibbs, et qu'ils appellent un docteur.

– Bien, fiston, dit Jess. Maintenant, va me chercher un gros démonte-pneus. C'est pas que j'en aie besoin, mais ça peut toujours servir.

Andy repartit, hors d'haleine, mais tout content de se rendre utile. Il revint au bout de quelques secondes, avec l'outil en question.

– Une bonne chose qu'on ait ce téléphone, pour les dépannages urgents, dit Jess à Tibbs.

Du côté de la grand-route, on entendit bientôt une sirène qui se rapprochait. Des feux rouges apparurent au bout de la rue et la voiture de police, obéissant aux signaux frénétiques d'Andy, vint se ranger au bord du trottoir. Deux policiers en uniforme étaient à l'intérieur. Tibbs désigna les deux formes immobiles au sol.

– Agression à main armée, dit-il. Je déposerai plainte quand nous serons au poste.

– *Vous*, vous déposerez plainte ? fit l'un des hommes en uniforme.

– Je crois que c'est Virgil, dit l'autre.

– Virgil, c'est moi, oui. Allez-y doucement, avec celui de droite. Je pense qu'il a le bras démis ou cassé.

Quand ils arrivèrent au poste, Gillespie les attendait dans le vestibule.

– Qu'est-ce qui s'est passé ? demanda-t-il.

– J'ai dîné chez Jess, le mécanicien que vous m'avez présenté, expliqua Virgil. En partant, alors que j'allais récupérer ma voiture, deux hommes m'ont sauté dessus. L'un d'eux a essayé de m'assommer avec un morceau de bois.

Gillespie eut un air bizarrement satisfait.

– Amenez-les dans mon bureau, dit-il.

Quand tout le monde fut là, selon ses ordres, Gillespie s'assit à son bureau et pendant une bonne minute, dévisagea les deux hommes sans un mot.

Puis, il prit une profonde inspiration et d'une voix qui fit trembler les murs, demanda :

– Lequel de vous deux, espèces de minables, m'a envoyé une lettre anonyme ?

Il n'obtint aucune réponse. Le silence fut rompu par le grésillement de l'interphone ; Gillespie appuya sur la touche.

– Le médecin que vous avez demandé est là, lui annonça-t-on.

– Faites-le entrer, ordonna Gillespie.

Un instant plus tard, l'agent de service introduisait un Noir âgé, grand et svelte, qui portait une sacoche.

– Je suis le Dr Harding, dit-il.

Gillespie désigna l'homme qui serrait contre lui son bras blessé.

– Arrangez-moi ça, ordonna-t-il. Quand on m'a dit que deux types avaient attaqué Virgil, j'ai pensé que c'était lui qui était blessé et j'ai demandé qu'on appelle un médecin noir. Maintenant puisque vous êtes là, autant que vous fassiez le travail.

Sans relever l'insulte, le Dr Harding considéra son patient.

– Il va falloir l'allonger, dit-il. Où peut-on le mettre ?

– Ne me touchez pas, fit l'homme. Je veux mon médecin personnel.

– La ferme ! aboya Gillespie. Je n'aime pas les gens qui m'écrivent des lettres pour me dire ce que j'ai à faire. On vous accorde l'assistance d'un médecin selon la loi.

– Vous ne tiendrez pas longtemps dans cette ville, répliqua l'homme.

– Je tiendrai toujours assez, fit Gillespie. Mettez-le dans une cellule. Le médecin s'occupera de lui là-bas.

On emmena le blessé. Gillespie se tourna vers l'autre.

– Alors, qui est-ce qui a eu cette idée ? Parle, sinon il va t'arriver des ennuis.

– Je ne me fais pas de souci, dit l'autre. Je demanderai à comparaître devant un jury. Vous savez ce que ça veut dire.

– Parfaitement, je sais ce que ça veut dire, riposta Gillespie. Et toi tu veux savoir ce que je vais faire ? Je vais appeler le journal et leur raconter que ton copain et toi, vous vous êtes payé un petit Noir et qu'il vous a mis K.-O. tous les deux. Après ça, tu pourras l'avoir, ton procès avec jury.

– Et moi, je dirai que c'est lui et son grand copain noir qui nous ont attaqués avec des gourdins, dit l'autre sans se démonter. On s'occupait de nos affaires.

– Mais oui, en plein quartier noir. Ton copain et toi vous alliez dans un beau petit bordel de négresses, en bons citoyens respectables, quand on vous a attaqués. Allez, fais pas le malin : de toute façon, tu es perdant.

– Je ne dirai rien, persista l'autre.

Gillespie se tourna vers Tibbs.

– Vous n'êtes pas un Blanc, mais j'ai l'impression que vous savez vous battre, concéda-t-il.

– Tout le mérite en revient à mon professeur. Il s'appelle Takahash et ce n'est pas un Blanc non plus.

Il se dirigea vers la porte.

– J'ai un travail à terminer, et j'arrive presque au bout. Si vous voulez bien m'excuser, il faut que j'y retourne.

A la grande surprise de Tibbs, Gillespie se leva et l'accompagna dans le couloir.

– Virgil, commença-t-il, quand ils furent seuls, je crois que vous êtes assez malin pour comprendre qu'il faut que vous partiez d'ici. Ce soir vous avez eu de la chance. La prochaine fois, on pourrait vous tirer dessus et ça, ça ne pardonne pas. Si vous voulez mon avis... allez-vous-en avant que j'aie une autre affaire de meurtre sur les bras. Je leur dirai, à Pasadena, que vous avez fait du bon travail.

– Je m'en irai, inspecteur Gillespie, mais pas avant de vous avoir livré le meurtrier de Mantoli, en même temps que la preuve de sa culpabilité. J'ai cela à terminer avant tout ; vous comprenez peut-être pourquoi.

– Alors je décline toute responsabilité, fit Gillespie.

– C'est entendu.

Et Tibbs, d'un pas rapide, traversa le vestibule.

En ce paisible début de soirée, Duena Mantoli était venue s'asseoir au kiosque où, quelques jours plus tôt, Sam Wood s'était assis à côté d'elle, tout raide d'embarras. Aujourd'hui elle était seule et contemplait le silencieux défilé des montagnes en essayant de mettre un peu d'ordre dans ses idées. Elle savait maintenant que Sam Wood était accusé d'avoir séduit une gamine de seize ans, la fille d'un ouvrier pratiquement illettré.

Elle ne pouvait pas s'empêcher de se comparer froidement à cette jeune fille, telle qu'elle l'imaginait et se sentait envahie de honte en se revoyant dans la cellule, haussée sur la pointe des pieds pour appuyer ses lèvres sur celles de l'homme à qui elle avait donné sa confiance. Cette confiance avait disparu à présent, et rétrospectivement, son geste devenait l'expression d'un désir vulgaire. Elle croisa les bras sur sa poitrine et se dit qu'elle s'était conduite comme une idiote. Cela ne servait à rien de prétendre que l'éducation et ce qu'il est convenu d'appeler la bienséance pouvaient étouffer les pulsions sexuelles fondamentales. Sam Wood était grand et fort, et il était célibataire. Cette fille avait dû lui donner une sorte de plaisir animal.

Duena frissonna, et des larmes de colère lui montèrent aux yeux. Elle resta assise là dans le kiosque jusqu'à ce qu'Endicott, inquiet, vienne la chercher pour la ramener à la maison.

Un peu après 9 heures, ce samedi-là, on sonna à la porte de chez les Purdy. Delores alla ouvrir non sans avoir pris le temps de s'arranger un peu au passage : on ne savait jamais qui ça pouvait être. Quand elle vit que c'était Virgil Tibbs, son humeur changea complètement.

– Les Noirs sonnent à la porte de derrière, fit-elle sèchement.

– Pas celui-ci, répliqua Tibbs. Je viens voir votre père.

– N'entrez pas, ordonna-t-elle.

Et elle lui ferma la porte au nez. Un instant après, Purdy rouvrit, avec une expression de profond dégoût.

– Fichez le camp, dit-il. On veut pas de vous ici.

– Vous n'avez pas le choix, riposta Tibbs, qui entra tranquillement. J'appartiens à la police et j'ai à vous parler, à vous et à votre fille.

– Je sais qui vous êtes, dit Purdy rageusement. Fichez le camp en vitesse, ou je vous casse la figure.

– Si vous faites ça, dit Tibbs, je ne serai pas responsable de ce qui vous arrivera par la suite ; il y en a déjà deux qui ont essayé, hier soir.

– Ouais, je sais. Votre copain et vous, vous les avez attaqués en pleine nuit et vous les avez rossés à coups de démonte-pneus. Il y en a un qu'est à l'hôpital.

– Si vous n'avez pas envie d'aller le rejoindre, fermez-la et asseyez-vous, commanda Tibbs. Je commence à en avoir assez, de tous vos commentaires imbéciles. Vous êtes venu déposer une plainte ; je suis ici pour en parler.

– Y a plus rien à en dire, fit Purdy. Et je veux pas voir de Noir assis chez moi.

Tibbs entra dans la pièce et s'assit.

– Je suis venu pour vous éviter d'aller en prison, dit-il.

Delores entra à son tour.

– P'apa, dis-lui de ficher le camp, demanda-t-elle.

– Je partirai quand j'en aurai fini, dit Tibbs. Et d'ici là, vous aurez compris l'un et l'autre que c'est ce que vous avez de mieux à faire.

– Les Noirs, ça porte la poisse, dit Delores.

– Mr Purdy, reprit Tibbs, comme s'il reprenait une conversation, vous êtes venu au commissariat avec votre fille, pour déclarer que quelqu'un s'était mal conduit envers elle. Or, il est de notre devoir de veiller à ce qu'elle soit protégée, de punir l'individu et de sauvegarder sa réputation à elle.

– C'est Sam Wood qui lui a fait du tort, dit Purdy.

Tibbs hocha la tête.

– C'est ce que vous nous avez dit. Inutile de vous dire que l'inspecteur Gillespie a été très surpris : Mr Wood est dans la police depuis plusieurs années, et il a toujours été considéré comme un homme sérieux.

– Il est en prison pour meurtre.

Purdy hurlait presque maintenant. Tibbs hocha de nouveau la tête.

– Je sais. Je ne tiens pas à divulguer d'informations confidentielles, mais il y a peut-être des raisons que vous ignorez. J'ai moi-même, une fois, passé près de trois semaines en cellule jusqu'à ce que celui qui était avec moi m'ait révélé quelque chose que la police avait absolument besoin de savoir.

– Un flic noir !

Purdy lança ces mots comme un juron.

– Voyons maintenant le cas de votre fille, continua Tibbs avec calme. Toutes les fois qu'il arrive ce genre de choses, si l'homme reconnaît sa responsabilité, on n'en parle plus. Mais Sam Wood est têtu. Il ne veut pas avouer. Il va donc falloir maintenant faire toute une série de tests. A moins, naturellement, que vous ne soyez en mesure de me prouver sa culpabilité.

– Ça veut dire qu'il faut que je raconte encore mon histoire ? demanda Delores.

– Quels tests ? voulut savoir Purdy.

– Eh bien, dans une affaire de ce genre, il y a une foule de mesures à appliquer. C'est la loi qui l'exige. Vous comprenez bien qu'il est difficile pour un homme, de prouver qu'il n'a pas eu de relations sexuelles avec une fille. Il ne peut le faire qu'en ayant recours à certains tests médicaux.

– Qu'est-ce que ça veut dire ? demanda Purdy. C'est ma fille légitime.

– Personne n'en doute, dit Tibbs. Et tout le monde sait que vous êtes un homme respectable.

Mais étant donné que Sam Wood prétend n'avoir jamais adressé la parole à votre fille, les flics vont faire subir certains tests à Delores, pour plus de sûreté.

– Y a pas de tests pour dire qui c'est qu'a fait ça à une fille, protesta Delores.

– C'est vrai, acquiesça Tibbs, mais il y en a pour prouver qu'un individu donné ne l'a *pas* fait. Ce sont ceux-là que vous allez devoir subir.

– C'est quoi, par exemple ? questionna Purdy.

– Eh bien, on prend d'abord un échantillon de son sang. Ce n'est pas terrible. On pique une veine de la saignée et on prélève de quoi remplir une ou deux éprouvettes.

– Je veux pas qu'on me pique, protesta Delores.

– Qui c'est qui va faire ça ? s'informa Purdy.

– Un médecin. Tous ces tests sont faits par des médecins. Personne d'autre ne touchera à votre fille.

– Y a intérêt, fit Purdy.

– Après ça, continua Tibbs, il faut faire un examen, pour déterminer si elle a été violée, comme elle le prétend et également si elle attend un enfant.

Purdy se leva d'un bond, le visage convulsé.

– Personne va aller regarder son intimité, tonna-t-il. Si y'en a un qui fait ça je le tue. Fichez-moi le camp.

Mais Tibbs resta tranquillement assis.

– Je ne fais que vous expliquer, dit-il. Il vaut mieux que vous sachiez comment ça se passe avant qu'on ne vienne faire ces examens en votre absence, n'est-ce pas ?

– Personne ne va aller regarder son intimité, répéta Purdy avec obstination.

– La seule chose qui pourrait le lui éviter, ce serait que Wood avoue, insista Virgil. Il dit qu'il est innocent, mais vous, vous avez porté plainte ; donc il faut bien que les médecins examinent Delores.

– Gillespie peut les empêcher, dit Purdy. Vous verrez.

Tibbs secoua la tête.

– Il le voudrait bien, naturellement, mais la loi ne le lui permet pas. Et Wood peut obtenir une ordonnance du tribunal par l'intermédiaire de son avocat, ce qui ne vous laisse pas le choix.

Tibbs croisa les doigts et les regarda fixement.

– Maintenant je vais vous dire quelque chose de très important, dit-il. Mais il faut que vous ne le répétiez à personne. Je le fais, parce que je ne veux pas que quelqu'un d'innocent comme vous soit victime d'un coup monté.

– On peut rien me faire. C'est pas moi.

La voix de Purdy devenait hystérique.

– Je vous ai dit que c'était ma fille légitime.

– Mais oui, bien sûr, fit Tibbs d'un ton soudain autoritaire. Mais supposons que vous passiez devant le tribunal, pour dire que c'est bien Sam Wood qui a abusé d'elle. Supposons encore que le médecin fasse une erreur et dise que ce n'est pas Sam Wood. A ce moment-là vous êtes coupable de parjure, de faux témoignage, et c'est suffisant pour aller en prison. Je veux simplement vous prévenir de cela et vous indiquer un moyen de défense.

– Les médecins font pas des erreurs pareilles, protesta Delores.

Mais à sa voix, on la sentait tendue à l'extrême.

– Ça leur arrive, affirma Tibbs, et les jurés les croient. Et maintenant, si vous me racontiez exactement ce qui s'est passé ? Ensuite j'essaierai de faire avouer Sam Wood et, si j'y arrive, vous n'aurez plus à vous occuper de rien.

– Vous voulez dire qu'on nous fichera la paix ? s'informa Purdy.

– Mais oui.

Purdy se tourna vers sa fille.

– Dis-lui, ordonna-t-il.

Delores se trémoussa sur sa chaise et fit de son mieux pour prendre un air de vierge effarouchée. Mais on aurait plutôt dit une poupée de carnaval.

– Eh ben tout le temps, la nuit, il passe par ici et il regarde aux fenêtres, commença-t-elle. J'aurais dû prévenir p'pa, mais j'avais comme qui dirait la frousse, avec lui qu'était flic et tout. Alors, une nuit que p'pa était pas là, il est passé et il a frappé à la porte. Il m'a dit que c'était pour son travail. Il voulait que je lui dise les noms des filles qu'auraient bien voulu être la reine du festival. Il m'a dit que j'étais rudement mignonne et qu'il voulait mettre mon nom sur la liste.

Elle s'interrompit, leva les yeux. Virgil lui fit signe de continuer.

– Eh ben, il m'a dit des gentillesses comme ça pendant un bout de temps, et il m'a même dit que, même s'il travaillait de nuit, il connaissait des tas de gens et qu'il pourrait me faire avoir assez de voix pour être élue. Et que si je gagnais, j'avais droit à un voyage à New York. Après ça, je me rappelle plus de grand-chose. Il m'a fait boire, en me disant que ça me ferait pas de mal, que j'allais me sentir rudement bien. Il m'a dit que j'étais la future reine et que tout le monde aurait envie d'être à ma place et qu'à New York, j'apprendrais à chanter et à danser et que je pourrais peut-être même faire du cinéma. Il m'a dit qu'il était capable de faire arriver tout ça et qu'il fallait que je sois gentille avec lui... Après ça, je me rappelle plus très bien, sauf qu'en partant, il m'a dit de pas m'en faire, vu qu'il avait bien fait attention. C'est ça qu'il a dit, qu'il avait bien fait attention.

Tibbs se leva.

– Et vous êtes sûre que c'était bien Sam ? Je ne voudrais pas faire d'erreur qui se retourne contre vous.

Delores leva les yeux. Son visage était comme un masque.

– C'était bien lui, dit-elle.

Virgil Tibbs les laissa et reprit sa voiture. Il retourna au poste et appela Gottschalk, l'ingénieur en astronautique. Ensuite, il passa voir Harvey Oberst, qui répugnait à se montrer en compagnie d'un Noir mais se souvenait quand même que celui-là l'avait tiré de prison. Puis il alla voir le révérend Amos Whiteburn et parla avec deux petits garçons qu'on était allé chercher pour lui. Finalement il revint au poste et appela un hôtel à Atlanta. Après tout cela, il alla voir quelques personnes dans Wells, deux Noirs tout d'abord, puis quatre Blancs, dont deux refusèrent de le recevoir. Il passa également chez le Dr Harding. Quand il eut terminé, il était au bord de l'épuisement. Il n'avait pas beaucoup dormi et il en avait assez de lutter contre une hostilité qu'il ne méritait pas. Mais il avait enfin ce qu'il voulait. Il était prêt maintenant, à parler à Bill Gillespie.

12

Quand Duena Mantoli se leva le lendemain matin, après une nuit agitée, sa décision était prise. Elle prit une longue douche qui la réveilla bien. Ensuite, elle passa un petit moment à se regarder dans une glace. Elle savait qu'elle était particulièrement jolie, et elle savait aussi qu'elle faisait tout pour le rester. Parfait : sur le plan physique en tout cas, elle pouvait rivaliser avec tout ce qui portait jupon. Maintenant, ce qu'il fallait, c'était faire appel à autre chose en elle. Il était temps qu'elle se serve de son intelligence.

Elle s'habilla et descendit prendre son petit déjeuner. George et Grace Endicott l'attendaient.

– Eric a téléphoné, lui dit Grace dès qu'elle fut à table. Il a deux bonnes nouvelles. Premièrement, il a trouvé un chef d'orchestre très connu pour sauver le festival.

– Qui est-ce ? demanda Duena.

– Il n'a pas voulu le dire. Il veut nous faire la surprise en rentrant. L'autre bonne nouvelle, c'est que l'agence qui vend les billets lui a dit qu'ils en avaient vendu beaucoup plus que prévu.

– Je suis bien contente, dit Duena.

Elle but un verre de jus d'orange puis leur avoua ce qui la préoccupait en réalité.

– Vous allez penser que je suis folle, mais j'ai l'intention de descendre en ville aujourd'hui et d'aller voir Mr Schubert. Je veux lui parler.

– De quoi ? demanda Endicott.

– Je n'aime pas le tour que prennent les événements. Il y a quelque chose qui ne va pas. Il se trouve que je crois à l'innocence de l'homme qu'on a mis en prison. Je ne comprends pas pourquoi on ne l'a pas relâché sous caution ou inculpé, je ne sais pas trop quelle est la procédure légale.

Grace Endicott intervint.

– A votre place je n'en ferais rien, Duena. A dire vrai, ni vous ni moi ne sommes expertes en la matière, et nous ne ferions que gêner ceux qui le sont. Cela n'arrangera rien ; au contraire cela peut même aggraver la situation.

Duena se versa un autre verre de jus d'orange.

– Vous ne comprenez pas. Mr Wood, celui qui était ici le jour... ce jour-là... eh bien il est en prison ; et il n'est pas coupable, je le sais. Ne me demandez pas comment : je le sais, c'est tout. C'est pour cela que je veux voir le maire.

George Endicott dit, en pesant soigneusement ses mots :

– Duena, je crois que vous vous laissez entraîner par vos sentiments. Restez tranquille, laissez les hommes régler cette affaire. Si Wood est innocent, il ne moisira pas longtemps en prison. Et puis vous oubliez Tibbs : il m'a l'air d'être très compétent.

– Ce n'est pas lui qui va pouvoir l'aider ici, riposta Duena.

Elle changea de tactique.

– Vous allez en ville, aujourd'hui ?

– Oui, cet après-midi.
– Je peux peut-être venir avec vous ? Je pourrais au moins faire quelques courses.
Endicott acquiesça d'un signe.

Face à sa visiteuse et à son exquise féminité, Frank Schubert se redressa dans son fauteuil. Il se demandait comment elle s'y était prise pour persuader George Endicott de l'amener ici, mais de toute évidence, elle avait réussi.
– Miss Mantoli, commença-t-il, je vais être très franc avec vous. Je vais même vous donner quelques renseignements confidentiels. Est-ce que vous voulez me promettre de les garder pour vous ?
– Je vous le promets.
– Parfait. Je ne sais pas quelles sont vos connaissances en ce qui concerne l'économie ici, dans le Sud, mais certains secteurs ont été durement touchés. Wells en fait partie. Nous ne sommes pas à proximité de grandes voies de communication, seulement d'une route secondaire, que prend peut-être une voiture sur cinquante. Ce qui veut dire que nous perdons beaucoup d'argent sur le plan touristique. L'agriculture est en régression dans cette région ; et aucune industrie, jusqu'à présent, n'a jamais voulu s'implanter ; enfin pour dire les choses telles qu'elles sont, la ville et la plupart des gens ici risquent de se retrouver bientôt dans la dèche.
Duena, qui écoutait attentivement, hocha la tête.
– Nous avons compris, – les membres du conseil municipal et moi-même – qu'il fallait faire quelque chose, si nous voulions éviter une situation très grave. C'est là que notre ami George a eu cette idée de festival de musique. Au début, personne n'était très chaud, mais il nous a convaincus qu'une mani-

festation de ce genre amènerait des touristes, ce qui, bien entendu, aiderait considérablement ici. Donc, nous avons marché. Si j'ai bien compris, les billets se vendent très bien maintenant, et il semble bien que George ait eu raison.

« Cela nous amène à une autre question, qui vous concerne directement – ou indirectement. Le poste d'inspecteur de police étant devenu vacant, il nous a fallu trouver quelqu'un. Aucun de nos hommes ici n'était de taille à le reprendre immédiatement. Alors voilà ce que nous avons pensé : nous avons pensé qu'en faisant passer une annonce, on pourrait peut-être attirer l'attention d'un bon juriste, qui accepterait le poste, même pour un salaire assez minime, pour le titre et l'expérience qu'il lui apporterait. Par la suite, quand nous nous serions un peu rétablis financièrement, nous l'aurions augmenté suffisamment pour qu'il reste, ou alors nous aurions cherché quelqu'un d'autre.

« Notre raisonnement, dans une certaine mesure, était juste. Nous avons eu plusieurs candidats, tout disposés à accepter le salaire offert, à cause de l'avancement que leur donnerait ce poste. Parmi eux il y avait Bill Gillespie. Certains au conseil – sans citer de noms – voulaient absolument engager quelqu'un du Sud, qui ferait tout pour maintenir nos traditions de ségrégation. Un candidat du Nord aurait pu nous imposer l'intégration bien avant que nous ne soyons prêts à l'accepter et tenter de la mettre en pratique.

– Vous avez donc engagé Gillespie, dit Duena.

– C'est cela. Il avait d'excellentes références ; c'était ce que nous pouvions espérer de mieux pour ce que nous avions à offrir. Je peux vous dire, tout à fait entre nous, que personnellement je pense que nous avons fait un très mauvais choix ; mais au moins, ceux du conseil dont je parlais tout à l'heure ont été satisfaits.

Schubert jeta un regard circulaire dans la pièce, comme pour s'assurer que personne ne pouvait l'entendre. Puis il se pencha en avant, pour donner à ses propos un tour plus confidentiel.

– S'il garde un innocent en prison, celui-ci n'y restera pas longtemps, je vous le garantis. Mais vous devez comprendre qu'il existe contre Wood de fortes présomptions. Je me suis entretenu avec quelques-uns des membres du conseil et je dis maintenant officiellement à George ici présent que si Gillespie ne tire pas cette affaire au clair dans les jours qui viennent, nous sommes décidés à lui rappeler certaines choses. Il est sous contrat, mais nous avions prévu une période d'essai qui n'est pas encore terminée. Donc, voilà, n'ayez aucune inquiétude : nous nous occupons de tout.

Il était un peu moins de 4 heures quand Duena Mantoli et George Endicott sortirent du bureau du maire. Ils attendaient Eric Kaufmann en début de soirée. George Endicott avait proposé de rester en ville, pour dîner tranquillement avant d'aller chercher Kaufmann, et Duena avait bondi sur l'occasion. Il était encore trop tôt pour dîner, mais elle avait une autre idée en tête.

– Il faut que je voie Mr Tibbs, expliqua-t-elle.

– A mon avis, vous feriez mieux de remettre cela à plus tard, lui conseilla Endicott. En allant là-bas maintenant, vous risquez de faire un faux pas qui pourrait avoir des conséquences graves.

Duena leva sur lui un regard où se mêlaient le reproche et la déception, et George Endicott décida brusquement qu'en sa qualité de membre du conseil, il devrait avoir une conversation avec Bill Gillespie.

A travers les barreaux, Arnold s'adressa à Sam Wood.

– Encore une visite pour toi.

Et il ouvrit la porte ; Virgil Tibbs entra dans la cellule sans attendre d'y être invité et s'assit au bord de la couchette.

– Alors, Virgil, demanda Sam d'un ton las, qu'est-ce qu'il y a, cette fois ?

– Je voulais simplement vous dire que je vais voir Gillespie dès qu'il sera rentré et qu'à ce moment-là, je vais lui prouver, de façon indiscutable, que vous êtes innocent. Je crois que je pourrai le persuader de vous relâcher.

Sam parla d'une voix sans timbre.

– Pourquoi est-ce que vous ne laissez pas tout tomber et vous ne rentrez pas chez vous ? Je vous croyais plus malin.

– Je n'ai pas fini ce que j'avais à faire, répondit Virgil. Le monde est plein de gens qui ne sont jamais arrivés à rien parce qu'ils ne faisaient rien jusqu'au bout. Il me reste trois choses à faire : vous innocenter et vous faire relâcher, et livrer le meurtrier à Gillespie. Ensuite, je pourrai rentrer.

– Je vous souhaite bonne chance, dit Sam sans regarder Virgil.

– Avant d'aller voir Gillespie, je voudrais éclaircir avec vous un ou deux points. Je pense connaître les réponses, mais moins j'aurai à deviner, plus je serai sûr de moi.

Sam haussa les épaules.

– Qu'est-ce que vous voulez savoir ?

– La nuit où je vous ai accompagné dans votre

ronde, vous avez fait un petit détour ; vous aviez une raison bien précise, mais sur le moment, je n'ai pas compris ce que c'était. Je crois savoir, maintenant. Vous ne vouliez pas passer devant la maison des Purdy. Exact ?

Sam parut s'animer un peu.

– Virgil, je voudrais bien que vous ne vous mêliez pas de ça. Je sais bien que vous cherchez à m'aider, mais...

– Je crois aussi, poursuivit Virgil, savoir *pourquoi* vous ne vouliez pas passer devant la maison des Purdy, cette nuit-là.

– Vous y êtes allé depuis ? fit Sam d'un air soupçonneux.

– Non. Ce n'était pas la peine. Harvey Oberst m'a dit tout ce que j'avais besoin de savoir, le jour où il était ici.

Tibbs se tut. Il jugeait parfois préférable de laisser son interlocuteur rassembler ses idées ; là il savait que Sam réfléchissait et c'était exactement ce qu'il voulait de lui. Sam dit enfin :

– Virgil, reprenons au début. Vous m'avez dit plusieurs fois que cette nuit-là, j'avais modifié mon itinéraire sans vous en avertir. Qu'est-ce qui vous a fait penser ça ?

– Rien d'extraordinaire, dit Tibbs. La nuit où nous étions ensemble, vous avez fait un détour par une rue qui n'était pas goudronnée. Plus tard, quand je vous attendais devant le restaurant, j'ai remarqué la poussière qui était restée sur votre voiture.

– Ça n'avait rien d'extraordinaire, interrompit Sam.

– D'accord. Mais la nuit où vous m'avez ramassé, à la gare, il n'y avait pas de poussière sur la voiture. Vous n'aviez donc pas pris cette rue non goudronnée juste avant d'aller à la gare.

– Peut-être, tout simplement, que vous n'aviez pas remarqué la poussière.

– Si, justement. D'autre part, j'avais dans l'idée que la voiture avait été lavée l'après-midi de ce même jour. Donc j'ai vérifié au garage qui est chargé de l'entretien de vos voitures. La plus légère couche de poussière aurait été visible.

– Vous voulez dire que quand je vous ai arr... quand je vous ai demandé de me suivre pour vérification d'identité, vous avez pris le temps de regarder s'il y avait de la poussière sur ma voiture ? Enfin, Virgil, c'est impossible : vous aviez trop peur, à ce moment-là.

– Non, répondit Tibbs. Je me taisais, simplement, en attendant de savoir à quoi m'en tenir. C'était la seule solution ; mais j'ouvrais l'œil. Question d'entraînement.

– Bon, mais comment est-ce que vous savez, par exemple, qu'il n'avait pas plu, ce qui aurait rabattu la poussière ? insista Sam.

– J'ai vérifié aux services de la Météo.

Le silence retomba. Sam digérait les informations qu'il venait de recevoir. Il décida que s'il ne parlait pas ce serait non seulement idiot, mais en plus inutile. Que cela lui plaise ou non, Tibbs connaissait son affaire. Puis il se dit que cet homme, dont la race lui avait paru un obstacle presque infranchissable, était de son côté. Et ça, c'était une pensée réconfortante. Il décida de donner à Tibbs ce qu'il attendait.

– Jusque-là, reconnut-il, vous avez raison.

– Si seulement vous me l'aviez dit plus tôt, Sam, dit Tibbs, l'air soulagé. Ça nous aurait fait gagner un temps considérable – je parle de votre temps à vous.

A la surprise de Sam, il se leva.

– Je dois vous dire que j'ai eu une petite conversation avec Mr Purdy et sa fille. Je leur ai fait une peur bleue, en leur parlant des tests médicaux que devrait subir Delores, pour appuyer son histoire. Et je leur ai fixé un rendez-vous ici, en fin d'après-midi, pour un « examen ». Je ne leur ai pas dit quel genre d'examen. Si je peux amener la fille à revenir devant témoins sur ses déclarations, toutes les charges contre vous sont nulles. Quand on aura démontré votre innocence sur ce point, le reste ira tout seul.

Sam eut envie pour la première fois de faire quelque chose.

– Virgil, si vous pouviez vous arranger pour savoir qui l'a mise enceinte, ça pourrait peut-être nous servir. Je sais que c'est beaucoup demander.

– Merci, Sam, répondit Virgil. Mais je crois déjà savoir qui c'est.

Quand on informa Bill Gillespie que Virgil Tibbs demandait à le voir, il décida de le faire attendre un peu, pour bien marquer les distances. Au bout d'un laps de temps qui lui parut convenable, il dit à l'interphone qu'on pouvait le faire entrer.

Au même moment, George Endicott arrivait en compagnie de Duena Mantoli dans les locaux de la police. Endicott était un peu inquiet sur l'issue de cette visite, mais il savait que la jeune fille était bien décidée et il préférait que l'entretien avec Gillespie se déroule en sa présence, pour pouvoir au moins le diriger dans une certaine mesure. Il alla au bureau.

– Nous voudrions voir l'inspecteur Gillespie. Est-ce qu'il est disponible ?

Pete, sachant qu'il s'adressait à un membre du conseil et au plus riche citoyen de Wells, répondit :

– Vous pouvez entrer. Il n'y a que Virgil avec lui.

Ils suivirent le couloir et George frappa à la porte ouverte. Gillespie leva les yeux et l'invita à entrer.

Il se leva en voyant Duena entrer à son tour et une fois les présentations faites, la pria de s'asseoir ; puis, s'adressant à Tibbs :

– Bon, Virgil, sauvez-vous, je vous verrai à un autre moment.

Mais Virgil ne bougeait pas.

– Ce que j'ai à vous dire est assez important, inspecteur Gillespie et puisque miss Mantoli et Mr Endicott sont là, ce serait peut-être bien qu'ils l'entendent aussi.

Gillespie levait déjà le poing pour frapper son bureau. Il ne supportait l'insolence de personne, et encore moins de quelqu'un qui était du mauvais côté de la barrière. Endicott, qui voyait sa réaction, intervint vivement :

– Cela paraît intéressant. Avec votre permission, Bill, j'aimerais entendre ce que Mr Tibbs a à dire.

– Moi aussi, ajouta Duena.

Gillespie ne voyait pas comment s'en sortir. En se promettant de coincer Tibbs dès qu'ils se retrouveraient seuls, il accepta de se soumettre.

– Comme vous voudrez, Mr Endicott.

Tous s'assirent.

– Avant de commencer, dit Virgil, je voudrais vous demander de faire venir Sam Wood, pour qu'il entende.

Il regarda Gillespie.

– Il se pourrait aussi que l'inspecteur Gillespie ait quelques questions à lui poser.

Avec un sentiment de rage et d'impuissance, Gillespie s'exécuta et donna ses ordres à l'interphone ; quelques instants plus tard, on introduisait Sam Wood dans le bureau. Gillespie lui désigna un siège sans mot dire ; Wood s'assit. D'un signe, Gillespie renvoya Arnold, qui l'avait amené. Il arrivait à peine à maîtriser sa colère et dit à Tibbs en le regardant fixement :

– Bon, allez-y, mais vous avez intérêt à ce que ça en vaille la peine.

Tibbs croisa les doigts et les serra fortement. Pendant une seconde ou deux, il regarda l'assistance, puis il se mit à parler.

– Je vais commencer par évoquer une certaine personne : Delores Purdy.

Il leva les yeux.

– Miss Purdy est la fille d'un homme visiblement peu évolué, dont le niveau intellectuel et l'éducation sont inférieurs à la moyenne. Je n'ai pas rencontré la mère, mais le milieu familial est pour le moins déficient.

– Je le sais, tout ça, jeta sèchement Gillespie.

Tibbs marqua une pause avant de poursuivre.

– Delores Purdy a dix-huit ans. Elle en avoue seize, pour qu'on ne se moque pas d'elle à l'école, à cause de ses deux ans de retard. Le fait qu'elle ait en réalité dix-huit ans élimine immédiatement la question de détournement de mineure.

« De plus, miss Purdy a un trait de caractère qui ressort clairement dans les rapports de police. C'est une exhibitionniste. Elle se figure qu'elle a un corps magnifique et qu'elle est irrésistible pour les hommes, s'entend. C'est assez courant chez les filles de son âge, quand pour une raison ou pour une autre elles se croient tenues à l'écart de toute vie sociale. Elles s'imaginent pouvoir surmonter ce handicap en se conduisant de façon scandaleuse mais irrésistible pour les hommes.

Il leva les yeux, pour voir comment Duena accueillait ses paroles. Elle avait l'air très intéressée, et les trois hommes aussi. Il poursuivit :

– Ce qui se passe le plus souvent, dans ces circonstances, c'est que la jeune fille s'offre au premier venu dans l'espoir de se l'attacher physiquement. Ça marche quelquefois ; d'autres fois, elle est rejetée et en souffre d'autant plus.

« Selon Harvey Oberst, qui est un peu plus âgé qu'elle, elle s'est exhibée devant lui sans qu'il lui ait rien demandé. Je le crois, et ce, pour deux raisons. La première c'est son attitude lorsqu'elle est venue ici, pour porter plainte contre Mr Wood. Ce n'est pas une mince affaire de se présenter au poste pour porter des accusations contre quelqu'un d'estimé et respecté. Elle, au contraire, est arrivée avec des vêtements extrêmement moulants, sans parler d'un soutien-gorge qui lui soulevait la poitrine de façon très provocante. Tout cela n'est pas très plausible pour une jeune fille qui s'est fait violer.

Tibbs marqua une pause, mais personne n'avait l'air de vouloir l'interrompre.

– Venons-en maintenant à Mr Wood. La nuit du meurtre, Mr Wood est passé en voiture devant la maison des Purdy. Cela faisait tout à fait partie de ses consignes ; il avait déjà couvert une bonne partie de la ville et c'était son droit mais aussi son devoir de continuer par là. Il est donc passé dans cette rue un peu après trois heures du matin. Il ne m'a pas dit ce qui s'était passé alors mais cela peut se deviner ; une nuit où je l'ai accompagné après le meurtre, Mr Wood a soigneusement évité de passer devant chez les Purdy. Ne sachant pas à quoi m'en tenir, j'en ai conclu un peu vite qu'il avait quelque chose à cacher. J'ai douté de lui à ce moment et j'ai eu tort ; et je le prie de m'en excuser aujourd'hui.

– Comment est-ce que vous saviez où habitaient les Purdy ? demanda Gillespie.

– Harvey Oberst en a parlé quand je l'ai interrogé ici il y a quelques jours, et j'ai vérifié dans les registres.

Gillespie fit signe qu'il était satisfait.

– Si nous rassemblons maintenant tous les éléments que nous possédons, voilà ce qui s'est passé, dans la mesure où je peux le reconstituer. Il n'y a pas très longtemps, miss Purdy a été imprudente avec un homme et s'est retrouvée enceinte, ou a cru l'être. L'identité de cet homme est sans importance pour le moment, mais elle ne pouvait ou ne voulait pas l'épouser. Pensant être enceinte, elle a fait ce qu'ont fait avant elle bien des jeunes femmes : elle a cherché à en faire porter la responsabilité à quelqu'un qu'elle connaissait, et qui serait dans l'impossibilité de prouver quoi que ce soit ; qui ferait aussi, même provisoirement, un mari très enviable et qui enfin pourrait payer les frais d'accouchement et entretenir l'enfant. Heureusement, on connaît bien cette forme d'« entôlage » dans les milieux de la police et on prend rarement pour argent comptant ce genre de déclarations de la part d'une jeune fille, quand elles ne sont pas solidement étayées. Mr Gillespie le sait, naturellement.

« Miss Purdy savait que Mr Wood commençait sa ronde à partir de minuit ; on pouvait très bien faire croire qu'en un an il s'était arrêté une ou plusieurs fois chez elle. Elle savait aussi qu'il était célibataire et qu'elle pouvait donc le prendre au piège du mariage. Enfin, elle se sentait attirée par lui, dans une certaine mesure, en tout cas : la preuve c'est qu'elle s'est exhibée devant lui, une fois au moins, au cours de ses rondes nocturnes, en s'arrangeant sans doute pour que cela paraisse involontaire. Je serais même tenté de croire que c'est arrivé plus d'une fois, mais pas trop, pour ne pas éveiller les soupçons d'un officier de police consciencieux.

Tibbs se tourna vers Sam Wood.

– Je ne veux pas vous embarrasser, Mr Wood, surtout en présence de miss Mantoli, mais pouvez-vous confirmer tout cela ?

Il fallut un moment à Sam avant d'arriver à parler.

– Oui, dit-il seulement.

– Nous en arrivons maintenant aux probabilités, reprit Tibbs. *Si* Mr Wood s'était rendu coupable en répondant aux invites de ce genre de femme ou en les provoquant, ce penchant se serait probablement déjà manifesté, depuis trois ans qu'il patrouille dans cette ville la nuit. Ce n'est d'ailleurs pas toujours vrai : on a vu des gens qui avaient toujours eu une vie sans histoires commettre subitement un meurtre ou braquer une banque du jour au lendemain. Toujours est-il que Mr Wood est célibataire : il a donc le droit de sortir avec autant de jeunes personnes qu'il lui plaît ; s'il avait tendance à profiter facilement de l'ignorance d'une jeune fille, il n'aurait certainement pas l'excellente réputation qu'il a ici. Personne ne connaît mieux un homme que sa banque, et la banque qui s'occupe des affaires de Mr Wood a une très haute opinion de lui : on me l'a dit.

« Pour nous résumer, termina Virgil, après avoir

pris une longue inspiration, et en ce qui concerne la plainte déposée par Delores Purdy contre Mr Wood, je pense que c'est un sacré bobard.

– Pourriez-vous la faire avouer ? demanda George Endicott.

L'interphone bourdonna. Bill Gillespie tourna vivement le bouton.

– Mr Purdy et sa fille désirent vous voir, fit une voix.

Gillespie scruta attentivement les visages des quatre personnes présentes.

– Amenez-les, ordonna-t-il, et apportez en même temps deux chaises.

Il y eut un silence tendu. On entendit dans le couloir les pas de Purdy. Tous les yeux étaient fixés sur la porte.

Delores entra la première. Elle marchait lentement, à petits pas. Le visage de son père était toujours aussi dur, et les rides autour de sa bouche semblaient encore plus profondes. Arnold, qui les suivait, entra et posa deux chaises devant le bureau. Personne ne dit rien jusqu'à ce qu'il soit sorti.

– Asseyez-vous, leur dit Gillespie.

Purdy désigna Tibbs du menton.

– Faites-le sortir, commanda-t-il.

Gillespie parut grandir encore dans son fauteuil.

– Il reste ici, dit-il.

Il eut un geste vers les chaises. Les Purdy s'assirent.

– Je parlerai pas avec un Noir dans la pièce, déclara Delores.

Gillespie l'ignora.

– Il y a pas mal de formalités à remplir avec vous, dit-il aux Purdy. La partie médicale prendra peut-être un peu de temps. Avez-vous quelque chose à dire, avant qu'on commence ?

Il y eut un long silence. Gillespie se renversa en arrière et son fauteuil craqua sous son poids. Puis le silence retomba.

Delores, qui se tortillait sur sa chaise, lissa sa jupe du plat de la main.

– Je crois que j'ai peut-être fait une bêtise, dit-elle enfin.

– Vous nous l'avez déjà dit la dernière fois, répondit Gillespie.

Delores dut attendre que son esprit paresseux ait trouvé les mots qu'il fallait.

– Je veux dire, je pense que c'était peut-être pas lui.

– Mr Wood, vous voulez dire ?

– Ouais.

Purdy se racla le gosier et prit la parole.

– Vous comprenez, Delores, des fois, elle dort pas très bien, la nuit. Elle a vu passer la voiture de police et elle savait qui c'était qu'était dedans. Alors, quand elle s'est endormie, après ça, elle a rêvé de lui et c'est ça qui lui a donné l'idée.

– Vous voulez dire, reprit Gillespie, que votre fille a vu Mr Wood dans sa voiture et qu'elle a juste rêvé après qu'elle avait des relations avec lui ?

Purdy contracta plusieurs fois la mâchoire avant de répondre :

– Ouais, quelque chose comme ça.

Gillespie se laissa retomber en avant.

– On a du mal à croire qu'une fille comme Delores fasse un rêve de ce genre si impressionnant qu'elle aille ensuite porter plainte. Si elle avait été un tout petit peu plus jeune, elle aurait pu mettre la vie d'un homme en danger.

– Eh ben, c'est pas le cas, jeta sèchement Purdy. Elle a l'âge de faire ce qui lui plaît.

– Alors, pas besoin de m'examiner, hein ? demanda Delores.

– Non, répondit Gillespie. Si votre père et vous déclarez ici devant témoins, que l'accusation que vous avez portée contre Mr Wood n'était pas fondée, il n'est plus nécessaire de procéder à un examen médical.

– De toute manière vous pourriez pas, aujourd'hui, dit Delores.

Duena Mantoli eut un léger sursaut et le silence retomba.

Ce fut Virgil qui le rompit.

– Vous avez été très courageuse de venir ici ce soir, dit-il à Delores. Il y en a beaucoup qui n'auraient pas accepté.

– C'est p'pa qui m'a forcée, avoua Delores avec candeur.

– Vous pouvez encore faire quelque chose pour nous aider, reprit Tibbs. C'est plus important que vous ne pourriez le croire. Pouvez-vous nous dire comment il se fait que vous ayez rêvé de Mr Wood ?

– J'ai dit qu'elle l'avait vu passer et que c'était comme ça qu'elle avait pensé à lui, fit Purdy d'un ton irrité.

Tibbs ne prêta pas attention à lui. Il regardait Delores. Finalement, elle se décida. Elle se remit à lisser sa jupe et pour la première fois, eut l'air embarrassée.

– Eh ben, dit-elle lentement, c'est un gars drôlement chouette. Je l'ai jamais rencontré pour de bon mais j'en ai entendu parler. Il a un super boulot et une bagnole, alors j'ai pensé à lui. Je me suis dit que je pourrais peut-être lui plaire, surtout que j'avais entendu dire qu'il avait pas de petite amie.

– Sa petite amie, c'est moi, déclara Duena.

Sam Wood la regarda avec un émerveillement incrédule.

Delores aussi regardait Duena. Quand elle eut fini de l'examiner, elle se retourna d'un mouvement mou vers Bill Gillespie. Elle semblait sans ressort, prête à tomber d'un côté ou de l'autre, pour peu qu'on la pousse.

– Il peut pas avoir ma fille, il est trop vieux pour elle, fit Purdy.

Bill Gillespie prit sa décision.

– Puisque vous vous êtes présentés spontanément pour faire une déclaration qui innocente Mr Wood, l'incident est clos, en ce qui me concerne. Cela ne veut pas dire que Mr Wood ne vous intentera pas un procès en diffamation. J'imagine que c'est ce qu'il va faire.

– Je n'ai pas l'intention de poursuivre qui que ce soit, dit Sam.

Purdy se tourna vers sa fille.

– On rentre, fit-il en se levant.

Delores se leva à son tour. Puis elle se retourna vers Sam et essaya de sourire.

– Je m'excuse, dit-elle.

Sam retrouva ses bonnes manières et se leva. Virgil Tibbs en fit autant ; mais Endicott resta assis. Sans un mot, les Purdy sortirent l'un derrière l'autre. Il fallut un certain moment après leur départ pour que l'atmosphère se détende un peu.

– Et maintenant, qu'est-ce qui se passe ? demanda Gillespie.

– Nous allons finir de disculper Mr Wood, lui répondit Tibbs. Y a-t-il autre chose que vous voudriez éclaircir, avant de le relâcher ?

– Oui, répliqua Gillespie. Je voudrais qu'il me dise comment il a pu avoir plus de six cents dollars en liquide pour solder son hypothèque.

Tibbs devança Sam pour répondre.

– Je pense pouvoir vous le dire. La banque vous a dit qu'il avait cette somme en liquide, mais sans plus de précision.

– De l'argent, c'est de l'argent.

– Pas dans ce cas. J'ai demandé et on m'a dit que la somme se composait en grande partie de pièces : des pièces de vingt-cinq, de cinquante et même de cinq et dix cents. Il y avait aussi quelques billets, mais la plus forte coupure était de cinq dollars.

Tout s'expliquait.

– Autrement dit, c'étaient des économies ? demanda Gillespie.

– Exactement, répondit Virgil. Ce n'était peut-être pas ce qu'il y avait de mieux à faire, parce qu'il aurait pu déposer son argent et toucher un intérêt, dans les dix-huit dollars par an. Et puis cet argent aurait été beaucoup plus en sûreté. Je serais tenté de croire qu'il a épargné ce qu'il pouvait de cette manière depuis qu'il est dans la police, pour régler son hypothèque. Il s'était probablement fixé une moyenne par jour.

– J'essayais de mettre de côté cinquante cents par jour, compléta Sam.

– En réalité, vous avez fait un peu mieux que ça, dit Tibbs : près de quatre dollars par semaine. Mais pourquoi ne pas avoir mis l'argent à la banque ?

– Je ne voulais pas le dépenser. C'était l'argent de l'hypothèque. Je le mettais de côté, et je n'ai pas touché à un centime tant que je n'ai pas eu fini de payer la maison.

– Il me semble que ce problème-là est résolu, dit Tibbs à Gillespie. Il est libre, maintenant ?

Avant de répondre, Gillespie regarda George Endicott. Il avait l'air complètement abattu.

– Je suppose, oui, dit-il.

– Alors, reprit Virgil, je voudrais vous demander de le réintégrer tout de suite dans ses fonctions, pour qu'il puisse reprendre sa ronde dès ce soir.

– J'aimerais bien passer une nuit chez moi d'abord, dit Sam.

– Je crois qu'il faut absolument que vous repreniez ce soir, insista Tibbs. Et si vous n'y voyez pas d'inconvénient, je vous accompagnerai.

Il se tourna vers Gillespie.

– Je peux vous garantir une chose, dit-il. A moins d'un imprévu, Mr Wood aura arrêté avant demain matin le meurtrier d'Enrico Mantoli.

13

En se retrouvant à l'air libre, Sam Wood eut l'impression qu'il venait de faire un mauvais rêve. Les crises de colère, de révolte et de désespoir étaient oubliées, et il se retrouvait exactement au point où il en était avant le début du cauchemar. Avec cette différence qu'il avait tenu Duena Mantoli dans ses bras et qu'elle l'avait embrassé. Et puis elle avait dit devant témoins qu'elle était sa fiancée, ou presque.

Sam savait bien que ce n'était pas vrai. Elle avait dit cela pour confondre Delores Purdy et elle y était arrivée. Un court instant, un instant précieux, il se prit à imaginer que c'était vrai ; mais il s'arracha vivement à cette pensée et se rappela qu'il était l'heure de dîner.

Il prit sa voiture et se rendit au seul restaurant de la ville où l'on mangeait une viande convenable. Il l'avait bien mérité.

Le patron vint le voir à sa table.

– Heureux de vous voir, Mr Wood, dit-il.

Sam comprit le véritable sens de ses paroles.

– Pas autant que moi, répondit-il sur le même ton. Dites au chef de se surpasser, hein ?

– C'est déjà fait. A propos, je voulais vous poser une question. Ne me répondez pas si ça vous embête, mais toute la ville en parle. Ce flic noir qui travaille avec vous ?...

– Virgil ? fit Sam. Et alors ?

– Eh bien, comment se fait-il ?...

– C'est un spécialiste des affaires criminelles. Il se trouvait là par hasard et l'inspecteur Gillespie lui a confié le boulot. C'est tout.

– Ça doit être drôlement dur pour vous, hasarda le patron.

– Pour moi, non ; pas du tout, répliqua Sam d'un ton bref. Il est incroyablement futé et il m'a tiré d'un mauvais pas.

Sam se sentit aussitôt fier de lui : il était en train de défendre celui qui l'avait défendu.

– Oui, mais c'est quand même un Noir, insista le patron.

Sam posa les deux mains à plat sur la table et leva les yeux.

– Virgil est un Noir, mais c'est surtout un homme. J'ai connu beaucoup de Blancs qui n'étaient pas aussi malins que lui.

Le directeur fit aussitôt amende honorable.

– Il y en a d'intelligents, je sais bien. Il y en a même un qui a écrit un livre. Voici votre steak.

Il veilla à ce que Sam soit servi en grande pompe. Il lui apporta même personnellement la bouteille de Ketchup. En même temps il se disait qu'il fallait l'excuser : il ne savait plus trop ce qu'il disait, après une épreuve pareille.

Sam termina son repas, rentra chez lui et ouvrit les fenêtres pour aérer la maison. Il sortit son uniforme et l'examina. Puis il prit une douche, se passa un coup de rasoir électrique et s'allongea un peu.

Un instant, il se rappela la promesse de Virgil : cette nuit, lui, Sam, allait arrêter le meurtrier. A mesure que le sommeil l'envahissait, tout cela devint irréel. Le vide se fit dans son esprit et il dormit profondément jusqu'à 11 heures, où le réveil sonna.

Quand il arriva au commissariat, Tibbs l'attendait dans le vestibule. Sam pointa comme d'habitude ; l'agent de service fit de son mieux pour laisser croire qu'il ne s'était rien passé. Son bloc de rapports sous le bras, Sam fit un signe à Tibbs.

– On y va.

Ils se mirent en route comme la première fois.

– Où est-ce qu'on va, Virgil ? demanda Sam.

– C'est vous qui conduisez ; où vous voudrez, ça m'est égal. Mais on peut peut-être éviter de passer devant chez les Purdy. Je n'ai pas envie de revivre ça.

Sam posa la question qui lui brûlait les lèvres.

– Vous croyez que le meurtrier sera dehors, cette nuit ?

– J'en suis à peu près sûr.

– Dans ce cas, on ferait peut-être bien de passer chez les Endicott, pour voir que tout va bien.

– Je suis sûr qu'elle est en sécurité, fit Virgil. Montez-y si vous voulez, mais nous avons mieux à faire en bas.

– Vous ne voulez pas me mettre au courant maintenant ? Il va falloir que j'arrête ce type, non ?

– Je préfère ne rien dire, Sam. Vous pourriez vous trahir au mauvais moment. C'est très difficile de garder quelque chose pour soi tout en essayant de rester parfaitement naturel. Jusqu'au dernier moment en tout cas, moins on est dans le coup et mieux cela vaut.

– On ne peut rien faire pour l'instant ?

Tibbs regardait par la fenêtre.

– Sam, je ne voudrais pas vous vexer mais est-ce que vous pouvez me faire confiance et me laisser mener l'affaire ? Je vous promets que vous participerez au dénouement. En fait, je cherche à m'arranger pour que ce soit vous qui procédiez à l'arrestation.

– O.K. ! Virgil.

Mais Sam était déçu.

La nuit ne lui avait jamais paru aussi longue. Ils parlèrent de la Californie et de la vie qu'on menait sur le Pacifique, où Sam n'était jamais allé. Ils discutèrent base-ball et combats de boxe.

– C'est un dur métier, en tout cas, déclara Tibbs. Je connais des boxeurs et ils en voient vraiment de toutes les couleurs ; parce qu'il ne faut pas croire que tout s'arrête au dernier coup de gong. Quand les applaudissements s'arrêtent, s'il y en a, il faut aller au vestiaire où le médecin vous attend. Et quand il faut recoudre des entailles au-dessus de l'œil ou dans la bouche, ça fait un mal de chien.

– Virgil, je me suis toujours demandé comment ça se fait qu'il y a autant de boxeurs noirs. Est-ce que c'est parce qu'ils savent mieux se battre ou bien parce que c'est moins pénible pour eux ?

– Je ne vois pas pourquoi ce serait moins pénible. J'ai parlé un jour avec un boxeur qui venait de faire un combat au Texas. Il s'était donné à fond mais il avait pris une pile terrible ; il n'était pas de taille. Bref, quand le toubib est arrivé pour le remettre en état, il a eu tellement mal au moment où l'aiguille l'a piqué qu'il a hurlé. Et à ce moment-là, le docteur lui a dit qu'il pensait qu'il ne sentirait rien puisqu'il était noir.

En un éclair, Sam se souvint de la conversation qu'il avait eue avec Ralph, au restaurant de nuit. Il lui semblait que ça faisait des semaines de cela. En réalité, c'était la nuit du meurtre.

– Et les deux types qui vous ont sauté dessus ? demanda-t-il. Je n'ai pas su ce qu'ils étaient devenus.

– Un certain Watkins, conseiller municipal, les a fait relâcher. Il m'a dit que si je savais où était mon intérêt, je ne dirais plus un mot de l'histoire. Sinon je serais arrêté pour avoir cassé le bras du gars.

– Vous croyez que c'étaient des hommes à lui, Watkins ?

– J'espère bien : comme ça, c'est lui qui devra payer les frais d'hospitalisation. Il paraît qu'ils sont encore quelques-uns à me chercher.

Tibbs dit cela calmement comme s'il parlait de la pluie et du beau temps.

– S'ils le font, j'espère que je ne serai pas loin, dit Sam.

– Moi aussi, avoua aussitôt Virgil. Ce sera moins facile, la prochaine fois. Le judo, c'est très bien, mais ça a ses limites. Après, on se fait tabasser et tout ce qu'on peut espérer, c'est d'en entraîner un ou deux dans sa chute.

– Il y a mieux que le judo ?

– L'aïkido c'est formidable, surtout quand on veut maîtriser quelqu'un sans le blesser. Les policiers de Los Angeles en font souvent. Mais dans une vraie bagarre, quand il faut mettre toute la gomme, ce qu'il y a de mieux, c'est le karaté. Un bon karatéka, c'est redoutable.

– Il y en a aux Etats-Unis ?

Tibbs ne répondit pas tout de suite.

– Oui, j'en connais plusieurs. On raconte toutes

sortes de choses sur le karaté : ce n'est pas vrai par exemple, que ça déforme les mains. Mais pour pouvoir se défendre et comme technique de combat à mains nues c'est très efficace, le karaté. L'entraînement est très dur mais ça vaut la peine.

Sam tourna dans Main Street et écouta le doux ronronnement du moteur se mêler au silence nocturne. Il regardait défiler les compteurs de stationnement. Finalement, il se rangea doucement le long du trottoir, en face de la pharmacie Simon.

– Ça ne craint rien de s'arrêter ici, ce soir ?

– Je ne pense pas, répondit Virgil.

Sam prit son bloc pour faire son rapport.

– On a de la visite, dit Virgil.

Sam sursauta, leva les yeux. Il perçut un mouvement dans l'ombre près de la pharmacie. Une silhouette émergea de l'obscurité et se dirigea vers eux. L'homme était très grand, mais il marchait presque sans bruit. L'instant d'après, Sam reconnut Bill Gillespie.

Il passa la tête à l'intérieur de la voiture.

– Comment ça va, les gars ? demanda-t-il.

Sam avait l'impression d'avoir la langue paralysée. Il dut faire un effort pour répondre.

– Bien, pour l'instant. Rien d'anormal. Une ou deux lumières par-ci par-là, mais aucun signe d'agitation.

Gillespie ouvrit la portière arrière.

– Je pense que je vais faire un petit tour avec vous.

Il monta, referma la portière.

– Il n'y a pas beaucoup de place, là-dedans, ajouta-t-il, en sentant ses genoux buter contre le siège avant.

Sam avança un peu son siège.

– Où est-ce que vous voulez aller ? demanda-t-il.

– Ça m'est égal. Virgil a dit qu'il allait vous trouver le meurtrier cette nuit et je voudrais bien être là, c'est tout.

Sam coula un regard vers Virgil. Il venait de réaliser que, pour la première fois de sa carrière, il avait un coéquipier. Et malgré tout ce qu'on pouvait dire, Sam savait qu'il pouvait compter sur lui. Virgil avait de la suite dans les idées et il savait y faire. Deux qualités qui pourraient bien se révéler utiles avant la fin de la nuit.

Sam démarra, traversa la grand-route et pénétra dans le quartier pauvre. Il conduisait lentement et guettait, comme toujours, les chiens sur la route. Il en aperçut un et fit prudemment un détour.

Le garage de Jess le mécano était plongé dans le silence et l'obscurité et le petit presbytère du révérend Whiteburn aussi. Chez le Dr Harding qui soignait la population noire de Wells, une faible lumière restait allumée.

La voiture cahota sur le passage à niveau et s'engagea dans la rue des Purdy. Sam ne savait pas trop ce qu'il devait faire. Il continua tout droit ; après ce qui s'était passé, tout devait être tranquille, cette nuit. Chez les Purdy tout était silencieux.

– On a une drôle d'impression à cette heure de la nuit, dit Gillespie.

Sam hocha la tête.

– Je trouve aussi. C'est comme une sorte de miasme.

– Une sorte de quoi ? demanda Gillespie.

– Excusez-moi. Une sensation bizarre.

– C'est bien ce que je voulais dire. Est-ce que les Purdy n'habitent pas par ici ?

– On vient de passer devant chez eux.

Sam fit encore cinq ou six cents mètres puis tourna vers la grand-route. Comme toujours, il s'arrêta au croisement, bien qu'à cette heure la route soit généralement déserte ; mais cette fois, il y avait une voiture qui arrivait ; il la laissa passer et dans le halo des éclairages, il reconnut la voiture d'Eric Kaufmann, ou en tout cas, elle lui ressemblait.

Sam tourna en direction du restaurant.

– Je m'arrête généralement à cette heure-ci pour la pause-café.

– Ça me va très bien, dit Gillespie.

Sam accéléra pour ne pas perdre de vue la voiture qui le précédait. Un peu avant l'entrée de la ville, elle ralentit et tourna dans le parking du restaurant. Sam ralentit aussi et laissa à Kaufmann le temps d'entrer, puis il se gara à son tour. Gillespie et lui descendirent.

– Et Virgil ? demanda Gillespie.

– Je vous attends ici, dit Tibbs.

– Qu'est-ce que vous voulez que je vous rapporte ? fit Sam.

– Rien, je crois. Si j'ai envie de quelque chose, je vous le demanderai tout à l'heure.

Sam et Gillespie entrèrent dans le restaurant.

Eric Kaufmann leva sur eux des yeux surpris. Puis il se leva pour leur serrer la main.

– Ça c'est une bonne surprise, dit-il.

– Tout le plaisir est pour nous, répondit Gillespie. Comment se fait-il que vous soyez ici à une heure pareille ?

Le ton était cordial, mais la question exigeait une réponse. Kaufmann s'exécuta.

– J'arrive d'Atlanta. J'ai pris l'habitude de voyager de nuit ; il fait plus frais et il y a moins de circulation.

– Je vois, fit Gillespie en s'asseyant. Du nouveau ?

– Ah oui. J'ai trouvé un bon chef d'orchestre, l'un des meilleurs, pour remplacer Enrico. Je ne vous dis pas qui c'est : je voudrais que George Endicott soit le premier à le savoir. Et les billets se vendent très bien. Le mois prochain, vous allez avoir la foule ici.

Sam s'assit. Il ne savait pas quoi commander. Il fit signe à Ralph de s'occuper des autres pendant qu'il réfléchissait ; mais la seule chose à laquelle il pensait c'était que cette nuit même, il allait arrêter le meurtrier. Il en était maintenant à la moitié de son service, il n'y avait toujours pas le moindre élément nouveau. Dans très peu de temps le jour allait se lever et avec lui, le mystère de la nuit se dissiperait. Sam avait l'impression qu'à ce moment-là, il serait trop tard. C'était de nuit que le meurtrier avait frappé ; il fallait qu'il soit capturé de nuit aussi. C'était devenu un être abstrait, pas quelqu'un qui marche dans la rue et ressemble à n'importe qui. Mais à quoi reconnaissait-on un meurtrier ?

Sam commanda un soda avec une boule de glace et des toasts. C'était un mélange ridicule, il s'en rendit compte aussitôt, mais il laissa Ralph le préparer, puis se borna à contempler les assiettes. C'est alors qu'il entendit du bruit, derrière lui. Il se retourna et vit Tibbs, sur le pas de la porte. Il avait un air pathétique, comme s'il comprenait qu'il s'était aventuré beaucoup trop loin.

Ralph leva la tête et l'aperçut.

– Hé, toi là-bas ! Dehors ! ordonna-t-il.

Virgil hésita, puis avança prudemment d'un ou deux pas.

– Je vous en prie, dit-il, j'ai terriblement soif. Tout ce que je demande, c'est un verre de lait.

Ralph jeta un rapide coup d'œil à ses clients puis se tourna vers Tibbs.

– T'as pas le droit d'entrer ici, tu le sais très bien. Allez dehors. Quand ces messieurs sortiront, y en a bien un qui t'apportera un pack de lait.

– Oui, moi, proposa Sam.

Mais au lieu de s'en aller, Virgil s'avança encore de quelques pas.

– Ecoutez, dit-il, je sais que vous avez un règlement, ici, mais je suis officier de police, tout comme ces messieurs. Je n'ai pas de maladie contagieuse. Tout ce que je veux, c'est m'asseoir et prendre quelque chose, comme les autres.

Sam se prépara à faire l'arbitre. Pour la première fois depuis qu'il le connaissait, Virgil se faisait remarquer et Sam se sentait terriblement gêné pour lui. Mais avant qu'il ait pu parler, Ralph avait fait le tour du comptoir et se dirigeait vers Virgil.

– J'ai entendu parler de toi, dit-il. C'est toi, Virgil, et t'es pas d'ici. Je sais tout sur toi. A cause de ces messieurs je veux pas m'énerver, mais faut sortir d'ici. Si jamais le patron apprend que je t'ai laissé passer la porte, il va me vider, c'est sûr. Allez, sors, O.K. ?

– Pourquoi ? demanda Tibbs.

Le visage de Ralph s'empourpra et sa colère éclata.

– Parce que je te le dis maintenant !

Là-dessus, il lui mit une main sur l'épaule et le poussa vers la sortie.

Tibbs fit volte-face sur la pointe des pieds, attrapa le bras tendu de Ralph et lui fit une clef dans le dos.

Sam en eut assez. Il se précipita vers eux.

– Lâchez-le, Virgil. Ce n'est pas sa faute.

Mais Tibbs ne parut pas l'entendre. Il n'y avait plus rien d'hésitant dans ses manières et il était tout à fait sérieux.

– Le voilà, Sam, dit-il. Vous pouvez arrêter cet homme pour le meurtre d'Enrico Mantoli.

14

Le jour se levait dans un ciel brouillé aux couleurs sales ; l'atmosphère était étouffante et l'aube n'avait rien ce matin-là, de sa beauté habituelle. Assis dans la salle des prévenus au commissariat, Virgil Tibbs lisait. Cette fois, c'était *Anatomie d'un meurtre.*

Au bout de trois heures, la porte du bureau de Gillespie s'ouvrit. Il y eut un bruit de pas, puis le fracas d'une porte de cellule. Quelques instants plus tard, Gillespie entra. Il s'assit, alluma une cigarette. Tibbs attendit.

– Il a signé des aveux, dit enfin Gillespie.

Tibbs posa son livre.

– J'étais sûr que vous y arriveriez. Est-ce qu'il a dénoncé l'avorteur ?

Gillespie eut l'air stupéfait.

– Vous avez l'air de tout savoir sur le sujet, Virgil. Je me demande comment vous avez bien pu dégoter tous ces renseignements.

– Où est Sam ? questionna Virgil.

C'était la première fois qu'il appelait Sam par son prénom en présence de Gillespie. Celui-ci ne parut pas le remarquer.

– Il a repris sa ronde. Il a dit que c'était son boulot.

– C'est quelqu'un d'extrêmement consciencieux, fit Virgil ; c'est très important. Avec la foule que vous allez bientôt avoir pour le festival, vous aurez besoin d'être secondé.

– Je le sais.

– Je me disais que Sam pourrait faire un bon inspecteur ; il serait respecté, et puis il est prêt pour ce genre de travail.

– Dites donc, Virgil, est-ce que vous essaieriez de diriger ce service à ma place ? demanda Gillespie.

– Non. Je me disais seulement ça parce que si vous décidiez quelque chose dans ce sens, Sam vous en serait probablement très reconnaissant ; je crois même qu'il pourrait oublier tout ce qu'il a subi récemment. Pardonnez-moi d'y revenir.

Gillespie ne disait rien.

– Depuis combien de temps est-ce que vous saviez que c'était Ralph le coupable ? demanda-t-il enfin.

– Je ne l'ai su qu'hier. Il faut que je vous fasse un aveu, inspecteur Gillespie. J'ai bien failli bousiller irrémédiablement l'affaire. Vous voyez, jusqu'à hier, je m'acharnais sur un innocent.

Le téléphone sonna. Le policier de garde prit la communication et appela Gillespie.

– C'est pour vous, chef.

Gillespie se leva, étonné qu'on l'appelle à 7 heures du matin. C'était George Endicott.

– Je téléphonais pour savoir à quelle heure vous arriviez. Je ne pensais pas vous trouver là si tôt.

– Vous êtes plutôt matinal, fit Gillespie.

– D'habitude, non. Mais Eric Kaufmann est venu nous dire que vous et vos hommes aviez arrêté le meurtrier d'Enrico. Je vous félicite très sincèrement. Si j'ai bien compris, c'est vous-même qui l'avez arrêté. Beau travail, vraiment.

Gillespie se remémora les résolutions qu'il avait prises.

– C'est Mr Wood qui a procédé à l'arrestation proprement dite, déclara-t-il. Il se trouve que j'étais là. Je suis intervenu plus tard, quand il a fallu l'interroger. Il s'est complètement effondré et il est passé aux aveux.

– Je ne peux quand même pas croire que vous vous soyez trouvé là par hasard.

Gillespie respira profondément et prononça des mots qu'il n'aurait jamais cru pouvoir dire.

– Tout le mérite en revient à Virgil. Il a joué un rôle essentiel.

Voilà, c'était fini et ça n'avait pas été si terrible. En plus Endicott venait du Nord, ce qui facilitait les choses.

– Ecoutez, j'en ai parlé à Grace et à Duena. Ça peut paraître un peu déplacé, si peu de temps après la mort d'Enrico, mais nous aimerions organiser une petite réunion, ce soir. J'espère que vous pourrez être des nôtres.

– Avec plaisir.

– Bien. Voulez-vous inviter de ma part Sam Wood et Virgil Tibbs ? Je pense que vous allez les voir.

Ça, c'était un peu dur à avaler, mais Gillespie s'en tira avec honneur.

– Je le leur dirai.

En raccrochant, il se dit qu'il s'était trouvé devant deux obstacles et qu'il les avait franchis tous les deux. Autant passer le troisième. Et s'il y avait quelqu'un, ici, pour faire des réflexions, il saurait quoi lui dire. Il revint à la salle de détention, regarda Virgil Tibbs bien en face et lui tendit la main. Tibbs se leva et la lui serra.

– Virgil, dit Gillespie, je tiens à vous remercier pour l'aide que vous nous avez apportée. Je vais écrire à l'inspecteur Morris pour le remercier de vos services. Je vais lui dire que vous avez fait du beau travail.

Gillespie lâcha sa main ; la première main noire qu'il avait serrée. Il regarda Tibbs et vit avec surprise qu'il avait les yeux humides.

– Vous êtes un homme digne d'admiration, inspecteur, lui dit-il, d'une voix qui tremblait un peu.

C'est alors que Gillespie se souvint d'une célèbre citation. S'il la connaissait, c'est qu'il l'avait toujours détestée. Aujourd'hui, pourtant, il la trouva utile.

– Merci, Virgil. Vous faites honneur à votre race.

Il s'arrêta, puis ajouta :

– Je parle de la race humaine, naturellement.

A 7 h 30, ce même jour, Bill Gillespie passa prendre Sam Wood et Virgil Tibbs au commissariat dans sa voiture personnelle. Les deux hommes s'installèrent, Tibbs à l'arrière.

Ils échangèrent très peu de mots pendant le trajet pour aller chez les Endicott : personne n'avait beaucoup dormi, mais il fallait répondre à l'invitation. Gillespie se demandait quelle impression allait lui produire la présence d'un Noir dans une réunion mondaine.

A leur arrivée, Grace Endicott les accueillit sur le seuil et les conduisit dans le vaste salon. Gillespie la suivait, Sam venait ensuite, et Virgil fermait la marche.

Un petit groupe sympathique était rassemblé dans la pièce. Il y avait là Eric Kaufmann, le banquier Jennings et sa femme, Duena Mantoli et les Schubert.

Sam Wood n'eut que vaguement conscience de leur présence ; il n'avait d'yeux que pour Duena, dont la beauté, ce soir-là, était littéralement à couper le souffle. Il resta immobile au milieu de la pièce, très embarrassé ; il la regardait et se répétait qu'il l'avait tenue dans ses bras, qu'elle l'avait embrassé. Le souvenir avait beau rester vivace, il semblait comme voilé d'irréalité.

George Endicott réclama le silence. Quand tout le monde fut assis, il prit la parole, en regardant le verre qu'il avait à la main.

– Tout cela est un peu bizarre, dit-il, mais Grace et moi tenions à vous avoir tous ici car malgré les terribles événements de ces derniers jours, nous avons aussi à fêter plusieurs événements heureux. Nous avons un chef d'orchestre pour notre festival ; vous savez tous, maintenant, qui c'est. Presque tous les billets sont vendus et l'orchestre a commencé à répéter. Mr Kaufmann, qui a dirigé la répétition d'hier, me dit que les concerts vont être d'une exceptionnelle qualité. Je voulais donc demander à Mr Kaufmann s'il nous ferait l'honneur de diriger l'un de ces concerts.

Il y eut une rumeur d'applaudissements. Kaufmann rougit, puis se reprit.

– J'en serai très fier, dit-il.

– Ensuite, nous avons cherché un nom pour notre théâtre en plein air. En hommage à l'énergie, au talent et à l'enthousiasme de l'homme qui a rendu possible cette entreprise, nous avons décidé, cet après-midi, de l'appeler le Mantoli Bowl.

Tous les regards se tournèrent vers Duena qui, sans un mot, enfouit son visage dans ses mains.

– J'espère que Duena consentira à l'inaugurer pour nous, le jour de la première, poursuivit Endicott. Nous en venons maintenant au troisième motif de cette réunion : notre police, aidée par le talent d'un homme exceptionnel, a découvert et arrêté le responsable du drame qui nous a frappés. J'ignore comment ils ont réussi ce tour de force ; j'aimerais qu'on nous le raconte. A condition, naturellement, que le lieu et le moment s'y prêtent.

– J'aimerais bien le savoir aussi, surenchérit Frank Schubert.

– Inspecteur Gillespie ? invita Endicott.

Dans un éclair de lucidité, Gillespie comprit qu'il n'avait qu'une seule chose à faire. Il ne pouvait rien raconter puisqu'il ignorait tout. Avouer son ignorance dans les circonstances présentes était impossible mais il se rendait compte qu'en attribuant tout le crédit à celui qui le méritait, il ne pourrait qu'augmenter le sien.

– Mr Wood et Virgil ont fait équipe pour retrouver le meurtrier, dit-il d'une voix qu'il maîtrisa parfaitement. Je pense donc que c'est à eux d'en parler.

En ayant dit cela, pensa Gillespie, il était quitte envers Sam pour un bon bout de temps.

George Endicott se tourna vers Sam.

– Mr Wood ?

– Demandez à Virgil, dit Sam avec une modestie sincère. C'est lui qui a tout fait.

– Mr Tibbs, dit Endicott, en regardant Virgil, qui se tenait un peu à l'écart, vous avez la parole. On me dit que vous nous quittez ce soir même. Ne partez pas, je vous en prie, sans nous avoir tout dit.

Tibbs consulta du regard Gillespie.

– Allez-y, Virgil, dit celui-ci.

– Je suis très embarrassé, déclara Virgil. Et il en avait effectivement l'air.

– Ne soyez pas modeste à ce point, l'encouragea Endicott. Je connais votre réputation sur la Côte ; vous avez plus d'un succès à votre actif.

– Il ne s'agit pas de cela, répondit Tibbs. Si je suis confus, c'est parce que je ne peux pas vous cacher plus longtemps à quel point j'ai pataugé dans cette affaire. C'est vraiment un coup de chance qui a sauvé la situation, et je n'ai aucun mérite là-dedans.

– Et si vous nous laissiez juger, proposa Jennings.

Virgil inspira profondément.

– Dans toute enquête criminelle, l'une des premières choses à faire c'est d'établir, dans la mesure du possible, le mobile du crime. Une fois que l'on a découvert qui peut tirer profit de la mort de la victime, on a au moins un point de départ. Ceci, c'est dans le cas où l'on n'a aucune piste précise pour démarrer.

« Quand l'inspecteur Gillespie a pris des dispositions pour que je reste ici et m'a confié l'enquête, j'ai tiré certaines informations des éléments dont nous disposions et je me suis mis à chercher le mobile. J'ai bien peur à ce stade de vous choquer et particulièrement de choquer Mr Kaufmann. Je doute qu'il puisse me pardonner, mais pendant plusieurs jours, voyez-vous, je l'ai cru coupable et j'ai essayé de le prouver.

Tibbs leva les yeux sur le jeune chef d'orchestre, dont l'expression valait vraiment la peine. Sam Wood le regarda aussi et se dit qu'il était impossible de savoir ce qu'il pensait. Mais Sam n'était pas surpris : il avait pensé lui aussi à Eric Kaufmann, sans trop savoir pourquoi.

– Comprenez-moi, reprit Tibbs ; Mr Kaufmann avait un mobile urgent et plus que valable : le décès du maestro lui permettait d'assumer la charge du festival et d'en tirer, éventuellement, toute la gloire et les avantages financiers. Bien des hommes ont tué pour moins que cela ; mais je dois ajouter qu'il a complètement éliminé ce mobile par ses efforts énergiques pour s'assurer le concours d'un autre chef d'orchestre.

« A ce moment, Mr Kaufmann était suspect, sans plus. Et puis, la première fois où je suis venu ici, il a dit par hasard devant moi que le maestro Mantoli avait été "frappé à mort". Les journaux n'étaient pas encore sortis, et, puisqu'il prétendait être venu directement ici après une longue route, il ne pouvait pas savoir que le maestro Mantoli avait été assommé. Il pouvait avoir été tué d'un coup de revolver, empoisonné, que sais-je encore ? J'ai donc trouvé que sa remarque était suspecte et il est devenu aussitôt l'objectif numéro un de mon enquête. J'avais simplement oublié que l'expression "frappé à mort" a un sens assez vaste et qu'elle ne doit pas forcément être prise littéralement.

– Est-ce trop pénible pour vous ? demanda Grace Endicott à Duena, qui était assise à côté d'elle.

La jeune fille secoua la tête sans quitter Tibbs du regard.

– Ensuite il y a eu l'histoire de la tarte aux cerises, continua Virgil. En vérifiant l'alibi de Mr Kaufmann pour la nuit du crime, j'ai appris qu'il était arrivé à Atlanta à une heure qu'on n'a pu me préciser, mais qu'il avait dit au garçon d'ascenseur de l'hôtel, qu'il avait dîné tard ; il s'était même demandé s'il avait bien fait de manger de la tarte aux cerises à une heure pareille. Pour différentes raisons, j'ai eu le sentiment qu'il avait fabriqué cet alibi. D'abord, on n'avait aucune preuve qu'il s'était bien arrêté tard pour dîner, mais en disant cela, il ajoutait automatiquement une heure au temps qu'il avait passé théoriquement en ville. Manger de la tarte aux cerises, à 3 heures du matin, ça n'est quand même pas très courant et je ne pensais pas qu'il l'ait fait. Enfin, qu'il en ait parlé si volontiers au garçon d'ascenseur suggérait qu'il avait une intention précise ; il voulait que l'homme se souvienne par la suite de leur conversation, si on l'interrogeait. Mr Kaufmann ne pouvait pas savoir que le portier de nuit de l'hôtel serait incapable de dire à quelle heure il était arrivé. J'étais persuadé de tenir mon homme et je me suis vraiment mis à le traquer.

– En vous écoutant, je ne peux pas tellement vous en vouloir, dit Kaufmann. Il se trouve que j'ai carrément une passion pour la tarte aux cerises, mais vous ne pouviez pas le savoir.

– Vous êtes très indulgent, monsieur, dit Virgil.

– Continuez, voulez-vous, demanda Duena.

– Pour finir de confesser mes péchés, dès que je me suis focalisé sur Mr Kaufmann, j'ai commencé à ne plus rien voir de ce qui se passait autour de moi.

– Alors ça, pas du tout, interrompit Sam Wood. Vous avez remarqué la poussière qu'il y avait sur ma voiture, et vous en avez fait toute une histoire.

Bill Gillespie ne voulut pas être en reste :

– Et vous avez remarqué qu'Harvey Oberst était gaucher.

– Oui, mais les faits importants m'échappaient

totalement, dit Tibbs. Pendant que je m'acharnais sur Mr Kaufmann, je négligeais l'affaire. En voulant à tout prix le confondre, je faisais une grave erreur. J'essayais de faire coller les preuves avec le suspect, au lieu de faire le contraire. Ce genre de faute est inexcusable.

– Continuez votre histoire, fit Grace Endicott.

– Eh bien ensuite, je me suis mis à rechercher l'arme du crime et elle a fini par me tomber entre les mains.

Tibbs respira un grand coup et se lança dans ce qu'il considérait comme essentiel.

– On l'avait retrouvée à proximité de l'auditorium et sans que ce soit une preuve irréfutable, cela nous ramenait encore à Mr Kaufmann. Je pensais donc avoir des indices importants, mais rien de tout cela n'aurait tenu plus de cinq minutes, au tribunal. Plus je cherchais à étayer ma théorie, moins j'y arrivais puisque Mr Kaufmann était, cela va sans dire, parfaitement innocent.

« Quand Harvey Oberst a été arrêté comme suspect, j'ai appris par lui qu'il y avait à Wells une de ces filles qui créent toujours des ennuis à ceux qu'elle fréquente : Delores Purdy. J'ai retenu cela, sans penser que toute l'affaire pouvait tourner autour. Là-dessus, Ralph, le serveur du restaurant, a lancé une grave accusation contre un ingénieur en astronautique, très respectable et parfaitement innocent, qui était en ville tout à fait par hasard. Il n'y avait vraiment aucune raison d'envisager une arrestation ; ça avait plutôt l'air d'une manœuvre pour brouiller les pistes, et en réalité c'était ça. Donc j'ai commencé à me poser des questions sur ce garçon. Mais je ne voyais aucun lien entre Delores Purdy et lui.

– Et il y en avait un ? demanda Duena.

Tibbs hocha la tête.

– Eh oui. Mr Purdy travaille de nuit ; Ralph avait rencontré Delores et il s'est mis à la fréquenter en l'absence de son père. Il semble que Mrs Purdy ne faisait pas très attention à ses enfants et ne s'en souciait pas plus que ça. Ralph et Delores avaient beaucoup de points communs. Ils étaient tous les deux sans instruction, bourrés de préjugés avec un niveau d'intelligence très bas. Et tous les deux recherchaient un peu des sensations fortes. Il y a environ six ou huit semaines, ils sont devenus amants. Ces derniers temps, Delores a cru qu'elle était enceinte et quand Ralph est passé la voir, elle le lui a dit et lui a demandé de faire quelque chose.

« Ralph a eu peur. Il croyait que Delores avait seize ans et il savait au moins qu'elle était juridiquement mineure. En plus, il avait peur du père. Comme pas mal de ceux à qui ça arrive, il s'est mis à chercher frénétiquement une solution. Il savait qu'il aurait du mal à trouver un médecin respectable pour pratiquer un avortement, mais il pensait toujours trouver quelqu'un s'il avait une somme suffisante à offrir.

– Je commence à y voir clair, fit le maire Schubert.

– Pendant ce temps, Delores a eu elle aussi une idée. Ralph ne ferait pas un mari bien reluisant, mais elle a pensé à quelqu'un de beaucoup plus intéressant.

Duena Mantoli, qui était restée impassible, jeta un coup d'œil à Sam. Il eut l'impression de recevoir une décharge électrique ; il serra le bras de son fauteuil et s'efforça de se composer une expression.

– Presque toutes les nuits, pendant sa ronde,

Mr Wood passait devant chez elle ; et presque toujours à la même heure, puisqu'il allait au restaurant pour prendre sa pause. Elle s'est donc arrangée pour qu'il la voie nue.

« Elle était persuadée qu'il la remarquerait et qu'il s'arrêterait pour lui parler, ne serait-ce que pour lui dire qu'on la voyait de la rue. Elle était sûre de ses charmes dévoilés de cette façon, et se croyait irrésistible. Une fois que Mr Wood se serait compromis avec elle, elle pourrait dire qu'il était le père de son enfant et monter d'un coup plusieurs échelons de l'échelle sociale. Mais Mr Wood était à la fois trop intelligent et trop conscient de ses devoirs ; de toute évidence, il a compris que s'il s'arrêtait chez elle pour la mettre en garde, il risquait de se compromettre. Donc, très judicieusement, il a continué sa route. Et le petit plan de Delores est tombé à l'eau.

Sam Wood s'aperçut que tous les regards étaient fixés sur lui. Il savait bien, lui, qu'il n'avait pas tout à fait raisonné de cette façon, mais à quoi bon le dire ? Il avait au moins agi comme on le disait. Il s'obligea à respirer normalement et à laisser sa bouche fermée.

– Puis il s'est passé quelque chose qui m'a finalement mis sur la bonne piste, reprit Virgil. L'inspecteur Gillespie, en se fondant sur certains indices qu'il avait personnellement découverts, a arrêté Mr Wood sous l'inculpation de meurtre. Dès lors, mon objectif n'était plus de pister Mr Kaufmann, mais bien de prouver l'innocence de Mr Wood et de le sortir de prison. C'est à ce moment que miss Purdy m'a donné un coup de pouce. Persuadée que Mr Wood était dans une situation critique, elle l'a immédiatement accusé d'avoir eu avec elle des relations intimes. Elle pensait qu'il n'était pas en mesure de protester.

– Charmante personne, commenta Jennings.

– Et il y en a beaucoup comme elle, ajouta George Endicott, que sa femme approuva d'un hochement de tête silencieux.

– Mr Wood, poursuivit Virgil, m'avait fourni un indice concernant les Purdy et j'ai donc commencé à m'intéresser au cas de Delores. Grâce aux réflexes de l'inspecteur Gillespie, j'ai pu écouter la conversation qu'il a eue avec elle et son père, où elle a carrément déclaré que Mr Wood lui rendait généralement visite *en allant à son travail.* Ça n'était pas vrai naturellement, mais j'ai commencé à comprendre. Il y avait quelqu'un d'autre qui prenait son service à la même heure et c'était un candidat bien plus plausible. Alors je me suis rappelé comment Ralph avait essayé, avec un acharnement qui touchait à la bêtise, de compromettre un innocent.

« Les pièces du puzzle se sont assemblées rapidement. J'ai pu trouver six personnes qui avaient vu Mr Wood pendant sa ronde, la nuit du meurtre ; les quatre qui ont bien voulu me recevoir lui ont fourni toutes un alibi solide. Soit dit en passant, j'ai retrouvé ces témoins en me présentant dans les maisons où j'avais remarqué de la lumière, pendant la nuit où j'avais accompagné Mr Wood. Les gens qui se lèvent en pleine nuit le font généralement à des heures régulières, et plusieurs d'entre eux avaient vu passer la voiture de police.

« Finalement, j'ai découvert deux autres faits importants. La personne qui avait placé le corps du maestro Mantoli au milieu de la route devait savoir qu'il n'y avait aucune circulation à cette heure. Ralph était bien placé pour cela. Et j'ai compris autre chose aussi : le fait que cette nuit-là il ait fait extrêmement chaud était très important.

– Voulez-vous dire que le temps avait quelque chose à voir avec le meurtre ? demanda Frank Schubert.

– Exactement, et de deux façons différentes. Ralph a eu un excellent alibi qu'il n'avait absolument pas prévu. Quand j'ai repensé à la chaleur qu'il avait fait cette nuit-là, tout ce qui plaidait contre la culpabilité de Ralph n'a plus eu aucune valeur et cette fois, j'ai su que je tenais mon homme. Je connaissais le mobile, j'avais établi les circonstances et étant donné sa personnalité, Ralph avait très bien pu agir comme le meurtrier.

– Comment est-ce qu'il s'y est pris, exactement ? demanda Endicott.

– Il est parti un peu plus tôt que d'habitude, pour passer voir Delores avant d'aller au travail. Elle lui a fait nettement comprendre qu'il devait, ou bien « s'occuper d'elle », ou bien supporter les conséquences de ses actes. Il pensait que, pour s'en tirer, il lui suffirait d'avoir de l'argent, mais il n'avait pas d'économies et son salaire était très insuffisant. Il était pris au piège, ou croyait l'être.

– Et en fait, la fille n'était pas du tout enceinte, intervint Duena.

– C'est exact, dit Tibbs. Comment l'avez-vous deviné ?

La jeune fille le regarda.

– Le jour où je l'ai vue. Elle était tellement soulagée que ça crevait les yeux. Elle ne voulait plus rien demander à personne, elle voulait qu'on la laisse tranquille. Et puis elle a dit qu'on ne pourrait pas l'examiner.

– Continuez, dit Gillespie à Tibbs.

– Cette nuit-là, sur le trajet pour aller travailler, Ralph se demandait ce qu'il allait pouvoir faire. Il en a conclu qu'il allait devoir voler de l'argent. Mais à qui ? Un peu plus tôt, Mr Endicott avait déposé le maestro Mantoli devant son hôtel, un établissement moyen, sans climatisation. Surexcité à la pensée du festival, le maestro s'est sans doute dit qu'il n'arriverait pas à dormir tout de suite et il a décidé de se promener un peu. Vous vous rappelez que je vous ai demandé si c'était quelqu'un d'impulsif ? Je cherchais en même temps à savoir s'il se faisait facilement des amis ou s'il gardait ses distances avec les gens qu'il jugeait d'un niveau social inférieur au sien.

– Et je vous ai répondu qu'il était impulsif et qu'il allait toujours au-devant des gens, dit Duena.

– En effet. Alors j'ai compris ce qui s'était passé. Ralph, qui remontait la rue en voiture, a aperçu le maestro et l'a reconnu ; il était facilement reconnaissable, du moins ici. C'était l'occasion rêvée. Il a offert au maestro de lui faire faire un tour, et le maestro a accepté.

« Quand on m'avait dit qu'on avait retrouvé l'arme du crime tout près de l'auditorium, j'en avais conclu que c'était un indice compromettant pour Mr Kaufmann. Je me trompais complètement. Ralph a dit qu'il n'avait pas encore vu l'auditorium, et le maestro lui a proposé de lui en faire les honneurs. Lui-même avait envie d'y aller ; ce soir-là, on avait pris de grandes décisions pour le festival.

« Ils sont donc allés à l'auditorium ; le maestro Mantoli pour les raisons dont je viens de vous parler, et Ralph pour lui voler assez d'argent et se tirer d'affaire. Ils sont descendus de voiture près du théâtre et sont restés là à regarder. Les spectateurs – les auditeurs – vont être obligés, pendant la première saison tout au moins, de s'asseoir sur des gradins en rondins. On venait d'installer les dernières rangées, et il y avait encore des morceaux de bois partout. Ralph en a ramassé un et s'est demandé comment il pouvait s'en servir alors il a eu l'idée saugrenue d'assommer le maestro et de dire par la suite qu'ils avaient été attaqués par-derrière par des inconnus. Quand il a frappé le maestro, il n'avait donc pas l'intention de le faire aussi fort.

– C'était donc... en partie un accident ? demanda Duena.

– Oui, agression à main armée ayant entraîné la mort sans intention de la donner.

– J'en suis presque soulagée, dit la jeune fille à voix basse.

– En voyant le maestro tomber, Ralph a été pris de panique. Son premier mouvement, honorable, a été de l'emmener chez un médecin. Il était littéralement terrorisé. Il a porté le maestro jusqu'à la voiture, l'a installé à l'intérieur et il est rentré en ville. En approchant du centre, il s'est enfin rendu compte de ce qu'il avait fait. Il s'est arrêté dans une petite rue latérale, a pris dans le portefeuille de sa victime assez d'argent pour résoudre son problème et a abandonné le corps au milieu de la route, avec le portefeuille à proximité. Ensuite, il s'est dépêché d'aller au restaurant et est arrivé en retard, mais cela lui arrivait régulièrement deux ou trois fois par semaine.

– Mais pourquoi au milieu de la route ? demanda Grace Endicott qui ouvrait de grands yeux.

– Il pensait qu'on accuserait un chauffard. L'emplacement du corps était évidemment un indice essentiel, mais j'ai mis un certain temps à comprendre.

– Et la chaleur ? questionna George Endicott.

– Oui : elle a eu deux avantages, pour Ralph. D'abord, elle a réduit énormément la circulation, ce qui a retardé la découverte du corps.

– Attendez un peu, interrompit Frank Schubert. Et cet ingénieur, qui passait en ville ?

– Quand on l'a interrogé personne ne lui a demandé à quelle heure il était passé. Ralph prétendait que c'était trois quarts d'heure avant que Sam découvre le corps ; Gottschalk ne pouvait pas le contredire, puisqu'il ignorait à quelle heure on avait trouvé le corps. Il est passé au moment où Ralph dépouillait sa victime et Ralph avait remarqué cette voiture insolite, alors quand au retour, l'homme s'est arrêté au restaurant, Ralph a prévenu la police, dans l'espoir que Gottschalk serait pris pour le fameux chauffard.

Grace Endicott secoua la tête.

– Ce garçon a un esprit horriblement tortueux. Je n'arrive pas à le croire. On dirait un animal.

– Vous aviez autre chose à nous dire, à propos de la chaleur, souffla Gillespie.

– Ah ! oui ; cette chaleur inhabituelle a fourni à Ralph un alibi inattendu. En arrivant avec l'ambulance, l'interne a déterminé l'heure de la mort de la manière habituelle, en se basant sur la chaleur que le corps avait perdue. Mais il n'a pas du tout pris en considération la température exceptionnelle de cette nuit-là, et son estimation en a été considérablement faussée. La chaleur avait préservé la tiédeur du corps. C'est seulement après avoir éliminé cet obstacle essentiel, l'alibi de Ralph, que j'ai été certain de sa culpabilité.

Tibbs eut subitement l'air très las.

– C'est à peu près tout, conclut-il. Je suis entré dans le restaurant pour demander un *verre* de lait. Peut-être que si j'avais dit « un carton », il me l'aurait donné. Mais l'idée que je puisse boire dans un verre le dérangeait et quand j'ai fait une scène en insistant pour manger dans son établissement, il était suffisamment hors de lui pour porter la main sur moi. Alors j'ai pu l'empoigner. Je n'aurais pas dû m'y prendre comme ça mais ça m'a fait du bien. Il était tellement méprisant envers moi à cause de ma race, il se jugeait tellement supérieur que j'ai voulu lui donner une leçon. C'était puéril de ma part, je le reconnais.

Bill Gillespie conduisit Virgil Tibbs à la gare. Après avoir arrêté la voiture, il descendit et prit la valise de Virgil. Tibbs comprit et laissa faire.

Gillespie se dirigea vers le quai et posa la valise devant le seul banc qu'il y avait là.

– Virgil, j'aimerais bien vous tenir compagnie mais franchement, je tombe de sommeil, dit Gillespie. Ça ne vous fait rien si je pars ?

– Mais non, bien sûr, inspecteur.

Tibbs attendit et demanda :

– Est-ce que vous croyez que je peux m'asseoir ici, dehors ? La nuit est tellement belle.

Gillespie n'avait pas besoin de regarder pour savoir que le banc portait l'inscription « BLANCS ». Mais il était plus de minuit et la gare était déserte.

– Je ne pense pas que ce soit très important, répondit-il. Si l'on vous fait une réflexion, dites que c'est moi qui vous y ai autorisé.

– Très bien, dit Tibbs.

Gillespie s'éloigna de quelques pas, puis se retourna.

– Et merci, Virgil.

– Tout le plaisir a été pour moi, inspecteur Gillespie.

Gillespie voulut dire autre chose, mais n'y arriva pas. L'homme qui était en face de lui était noir et le clair de lune accentuait encore le contraste de sa peau avec le blanc de ses yeux.

– Allez, bonne nuit, dit-il à la place.

– Bonne nuit, monsieur.

Gillespie pensa un instant à lui serrer la main, mais décida que non. Il l'avait fait une fois, c'était suffisant. Le refaire maintenant serait peut-être une erreur. Il rejoignit sa voiture.

A. Christie, Exbrayat, Steeman, J.D. Carr

comme on ne les a jamais lus

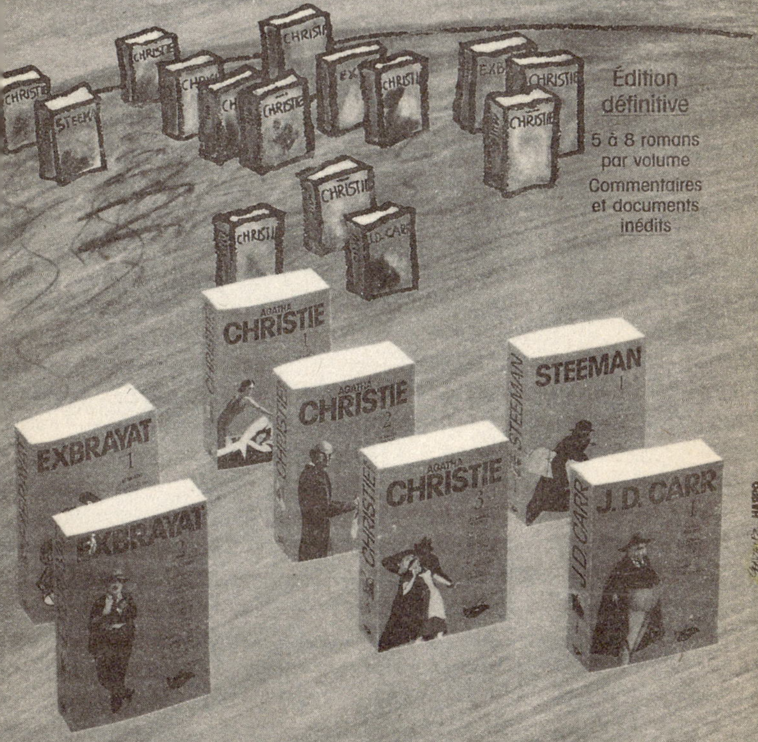

Édition définitive

5 à 8 romans par volume

Commentaires et documents inédits

Les Intégrales du Masque

IMPRIMÉ EN FRANCE PAR BRODARD ET TAUPIN
Usine de La Flèche (Sarthe).
ISBN : 2 - 7024 - 2237 - 3
ISSN : 0768 - 1089

H 52/0431/8